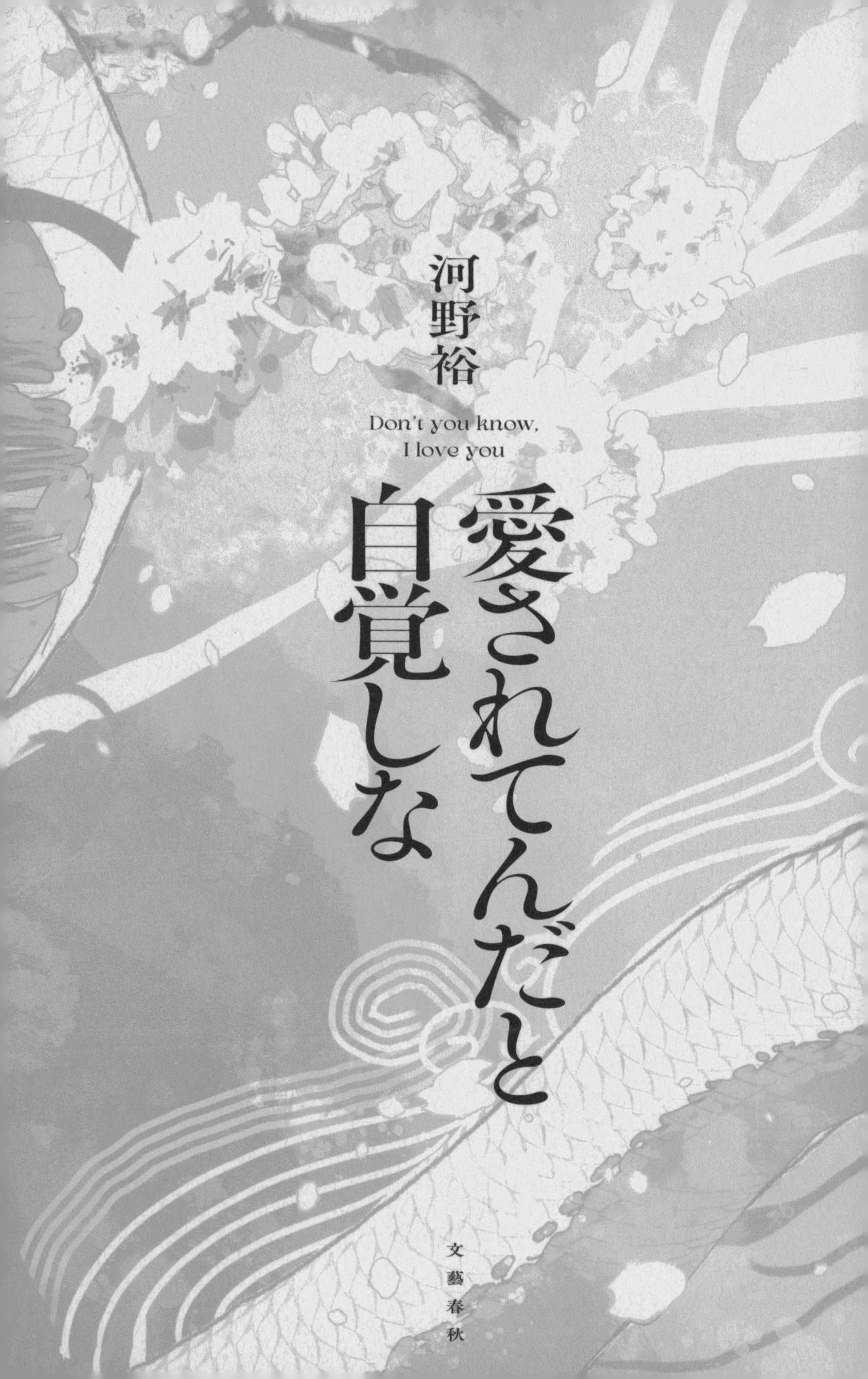

愛されてんだと自覚しな

Don't you know,
I love you

河野裕

文藝春秋

目次

デザイン　川谷康久（川谷デザイン）
イラスト　柳すえ
初出　別冊文藝春秋
２０２２年５月・７月・11月号

愛されてんだと自覚しな

Prologue

まずは、守橋祥子《もりはししょうこ》の紹介をしよう。

彼女は私のルームメイトで、アルバイト先の先輩でもある。

二四歳、神戸市在住。背はすらりと高く、顔立ちは中性的で美しく、艶やかな黒髪のショートボブはポップアートのような趣《おもむき》がある。装飾の類《たぐい》は好まず服装もシンプルなものが多く、普段はコンタクトだが就寝前には赤いフレームの眼鏡をかけている。読書は少年誌に連載されるコミックを読む程度で、テレビ番組はナイター中継を好み、しばしばシャワーを浴びながら何世代か前のヴィジュアル系バンドの楽曲を熱唱している。趣味は食事とパズルとB級ホラー映画の鑑賞、特技は数多《あまた》で本人曰く「興味を持てればたいていなんでも」、一方で苦手なものは蛇と冷房と地図を読むこと——最後のひとつは、ろくに確認しないまま自身の感覚を頼りに歩き出す癖があるのが原因だ。

そして彼女はカレーを愛する。とくに私たちが働く「骨頂《こっちょう》カレー」の看板メニュー、スペシャルチキンカレーを絶賛している。そのあまりの褒めっぷりに、私も同じ店で働くことを決めたほどだ。

けれど祥子が愛するのはあくまでカレーを食べることであり、作る方――骨頂カレーでのアルバイトにのめり込むつもりはないらしい。彼女にとって、そのアルバイトは副業でしかないのだ。本業は別にある。

そして彼女の本業で、私たちが依頼人と請負人の関係になったのは、中秋の名月が間近に迫った九月のことだった。

その夜、私たちはルームシェアしている小さなマンションのリビングで、ローテーブルを挟んで座り込み、チリ産の安い白ワインで晩酌《ばんしゃく》を楽しんでいた。

私が大雑把《おおざつぱ》な調味で用意した肴《さかな》は、だし巻き卵や煮たひじき、炙《あぶ》って生姜醤油《しようがじようゆ》をかけた油揚げという日本酒が合いそうなラインナップだが、白ワインとの取り合わせもなかなか良い。というか自信を持って良い悪いを仕分けられる舌がないから、あれもこれもみんな良いことにすると決めている。

祥子と共に白ワインと醤油のマリアージュに舌鼓を打ちながら、一本七二〇円のワインを褒め称《たた》えているうちに、話題がだんだんと高級ワインを槍玉に上げる流れに移り変わった。私たちは「酔っ払いの戯言《ざれごと》」を言い訳に、遠く遠くのセレブリティな世界にのみ存在するという法外に高価なワインについて、無根拠な雑言《ぞうごん》を並べた。

ヒートアップした祥子が高々と宣言する。

「だいたいね、どれだけ高いワインだって、ホットココアより美味《おい》しいわけないじゃない！」

それは激安なのに美味しい手元のワインにも申し訳ない言い草ではあったけれど、ワインの方には傷つく心もないだろう。私は「その通り！」と乱暴に同意した。

「初めてココアを飲んだときには、私もずいぶん感動したものです」

こう頷《うなず》いてみせると、祥子はワインを傾けながら微笑《ほほえ》む。

「いいねぇ。そういうの、ちゃんと覚えてて」

「そうですか？」

「やっぱさ、たいてい最初がいちばん感動するわけじゃん。感動って、覚えてた方が得でしょ」

「かもしれませんね」

「私は思い出せないな。幼稚園のころかな。――ミロってココア？」

「さあ。喫茶店でココアを頼んで、ミロが出てきても許せますか？」

「ん。ギリセーフ」

「おや寛容」

「だって美味しいもん。で、いつ飲んだの？」

「ミロ？」

「ミロでもココアでも」

「ココアなら、九〇年くらい前ですね」

「そっか」

昭和の初期ねと祥子は言った。

さて私は今年、二三歳になった。祥子のひとつ年下だ。けれどそれは今世《こんせ》の両親から岡田《おかだ》という姓を受け継ぎ、杏《あん》という名を与えられたこの肉体の歳でしかない。精神的には千年ほど生きている。

これには壮大な――というほどではないけれど、令和を生きる人々には信じ難い、荒唐無稽《こうとうむけい》な理由がある。

千年前の平安の世で、ひと組の男女が恋に落ち、ふたり仲良く手を繋いで死んだ。

死因は溺死だが、これは事故でもなければ心中でもない。強いていうなら神罰である。

ちょっとした水神に懸想《けそう》された女は、しかし男と添い遂げるために、その神さまを振ったのだ。それに怒った水神は川を氾濫《はんらん》させた。男は巨大な龍のようにうねりながら暴れ狂う川に呑み込まれ、振り回され、そして助けに入った女と共に命を落とした。

手を握ったまま息絶えるふたりをみた水神は、こんな風に思ったそうだ。

――なんだ、つまらんことで死にやがって。愛なんてものはまやかしだ。みんな夢と幻だ。我はずいぶん長々と人の世をみてきたが、真《まこと》の愛なんてもの、終《つい》ぞみかけた例《ため》しがない。

水神にしてみれば、振られた挙句に男をとっちめようとしたら女まで一緒に死んでしまったものだから、嫉妬と後悔で狼狽《ろうばい》していたのだろう。そこで、ふたりの魂に呪いをかけた。あるいは救いを与えた。

――我が己等《おのら》を試してやろう。水の流れは輪廻《りんね》に通ずる。千年も万年も、揃って生を繰り返し、幾度も袖を擦り合わせるが良い。だが己等が結ばれることは決してないのだ。その仮初《かりそめ》の愛が消えるまで、とめどなく続く生の檻《おり》に、我が己等を封じてやろう。

輪廻転生の始まりである。

水神の言葉の通りに、男と女の魂は幾度も幾度も生まれ変わった。生きては死に死んでは生き、出会っては別れ別れては出会い、それを繰り返しながら決して結ばれることがない。永久に未完の愛の輪廻に囚われた。

ふたりの生にはルールがあった。

男は生まれ変わるたびに輪廻を忘れ、しかし女の生まれ変わりを愛したとたんにそれを思い出す。女は逆さで、輪廻を覚えたまま生まれ変わり、しかし男の生まれ変わりを愛したとたんにそれを忘れる。

そしてふたりは、あらゆる時代を生きては死んだ。

農民になり商人になり画家になり音楽家になり罪人になり、獣になり鳥になり魚になり虫になり草花になり、出会いと別れを繰り返した。

彼方《かなた》は此方《こなた》を覚えたまま生まれ、此方は彼方を忘れたまま生きる。やがて此方は彼方を思い出し、そのころ彼方は此方を忘れる。

それが螺旋《らせん》状にくるくる繋がり、ずいぶん長い時間が経った。

故に、平成に生まれ令和に生きる私は、千年ぶんの記憶を持つ。

これは皆、事実だが、軽々に信じられる話ではない。無論、祥子も信じていないだろう。ただ彼女は受け入れるのだ。たいていの荒唐無稽な話は、「世界はときめきで満ちてるね」と笑って。

ワインから派生したココアトークを続けるうちに、「じゃあ酔い覚ましにこれから一杯」と話がまとまり、月見を兼ねてコンビニまで歩くことになった。

祥子が千鳥というほどではないものの、多少ふらつく足取りで玄関のドアを開け、一歩踏み出した直後に「ぎゃ！」と叫び声を上げる。そのまま玄関まで飛び跳ねて後退し、潤んだ瞳をこちらに向けた。

「杏、杏。やばい！　閉じ込められた！」

けれどドアを開いておいて、閉じ込められたもないだろう。

私が先に目を向けると、ドアの向こうの通路に白い紐が落ちている。その紐は人の指ほどの太さで、長さはだいたい二〇センチといったところだ。

近づいてみるとそれは白蛇で、中ほどがへこんでいる。おそらく祥子が踏みつけたのだろう。

「大丈夫ですか？」

声をかけると、白蛇はにゅるりと頭を持ち上げた。

「ご心配には及びません。私にとっては身体など、あってなきが如しですから」

私の背後に隠れた祥子が、「喋った！」と叫び声をあげる。

彼女の方に目を向けて、私はざっくり紹介した。

「この方は神さまです。名前はあれこれありますが――」

「カコとお呼びいただければ」

私は頷いて言い直す。

「では、白蛇のカコさんです。穏やかな方ですから、怖がることはありません。そのへんのアオダイショウより安全です」

カコさんがぺこりと頭を下げる。蛇嫌いの祥子の方も、私の背をつかんだまま会釈を返した。

「さて、カコさんがどうしてここに？」

私が尋ねると、その白蛇の神さまはくるりと器用にとぐろを巻く。

「どういうこともありませんが、この化身を取り戻したものですから、一度ご挨拶をしておこうかと」

「ご丁寧に、ありがとうございます。よくうちがわかりましたね」

「伊和大神《いわのおおかみ》からお聞きしました」

「なるほど。立ち話もなんですから――」

上がりますかと誘いたいところだが、さすがに祥子が嫌がるだろう。

その気配を察したのか、カコさんが慌てて首を振る。

「いえいえ、ちょうどお出かけのようですし、もうこれで。ともかく私が顕現したのですから、きっと間もなくもう一方も」

「はい。承知しております」

「重々お気をつけください。私はしばらく稚日女尊《わかひるめのみこと》の下に逗留しますから、なにかありましたらご連絡を」

「これは、お気遣いありがとうございます」

私は深々と頭を下げる。その際に閉じていた目をひらくと、もうそこにカコさんはいなかった。

後ろで、祥子が言った。

「今の、なに？　ホントに神さま？」

「もちろんですよ。喋る蛇なんて、神でなければなんなのです」

「そっか。私、神に会ったのか。世界はときめきで満ちてるね」

彼女はあっけらかんとそう言って、すべてを呑み込んだようだった。苦手な蛇が目の前からいなくなったから、とりあえず満足したのだろう。

私はスニーカーに足を突っ込みながら告げる。

「さて、ココアを買いにいきましょう」

「ああ。そんな話だったね」

「ところでひとつ、祥子にお願いができました」

まだまだもっと先で良いと思っていたのだけど、カコさんが姿をみせたなら、少し急ぐべきだろう。放っておくと面倒なことになりそうだ。

「いいけど、なに？」

「子細は、ココアを飲みながらお話ししますが――」

　手に入れて欲しい本があるのです、と私は言った。


　こうして人と神とが駆け回り、時を超えた愛と欲とが入り乱れる、けれどその背景のスケールに比べればずいぶんこぢんまりとした物語が始まる。

いや。この物語は始まるどころか、すでに終わっているのかもしれない。

　これは千年前に生まれ、長い時を経て結末を迎えた、ある恋心の後日談なのだろう。シンデレラが王子様と結ばれたあとのお城での生活を綴るような。かぐや姫が去ったあとの月見の一幕を書き留めるような。誰かの目には波瀾万丈にみえ、また別の誰かの目には物足りなく映るとしても、私たちにとっては平穏で満ち足りた、ただ日常のお話だ。

　この、一冊の本を巡るささやかな物語が次の展開をみせるのは、およそ三月後――クリスマスの鈴の音が鳴り始めた師走の日のことだった。

1話　神戸金星台オムニバス

好きな食べ物に関しては、各々が勝手に決めればそれでよろしい。肉でも魚でも甘味でも、「ブタが探し当てるキノコが」だとか「いやロバの乳で作ったチーズこそ」だとか、まあなんでもかまいません。けれど「もっとも優れた料理はなにか？」という問いかけに、好みを排して答えを出すなら、それはカレーで間違いないでしょう。

美味い魚は、千年前から美味いのです。つまり自然が生み出した妙味で、人の営みとは関係がありません。肉は近年、ずいぶん味がよくなっています。ですがそれは牛やら豚やらの品種改良を繰り返した畜産業者の努力の賜物《たまもの》でしょう。畜産業が料理ですか？　ええ、もちろん違います。料理とは食材と食材を掛け合わせ、見事に熱を使い、多様な調味を施し、食事をより高い次元へと誘《いざな》う芸術であるはずです。畜産業の方々には最大の敬意を払い、夏の入道雲ほども巨大な感謝を差し出すのにやぶさかではありませんが、料理とはフィールドが違います。

ではなぜカレーがもっとも優れた料理なのか――その説明のために、まずは根幹を成すカレー粉について考察しましょう。クミンをそのまま舐《な》める人がいますか？　カルダモンであれシナモンであれ、ターメリックもチリペッパーも、香辛料とは決してそれひとつきりで美味しいものではありません。

そう。カレーの本質とは、単一では成り立たない素材を考え抜いた割合で鍋に加え、最適な熱で混然一体としたときに起こる化学反応なのです。そして、これこそが料理――「食材を料《はか》り理《ことわり》を加える」という人類が脈々と受け継ぎ積み重ねてきた文化の本質でもあります。

さて、カレーという鍋の中の歴史をおいて、他に真の料理と呼べるものがあるでしょうか？

いいえ、ない。私はそう確信しています。

――と、ここまでペンを走らせたところで、私は大学ノートから顔を上げた。テーブルの端にコーヒーがそっと置かれたのに気づいたのだ。みると祥子が、私の背後から一歩身を引いたところだった。

微笑んで「ありがとうございます」と感謝を伝えると、彼女が苦笑を浮かべる。

「どうしてわかったの？」

「さて。わかるものはわかるのです」

神戸三宮《こうべさんのみや》駅から徒歩七分ほどの距離にある骨頂カレーは、現在昼休みの只中だ。とはいえ一五時までのランチ営業が終わったあとだから、冬至がもう二週間後に迫ったこの時期には、夕休みと表現する方が正しいんじゃないかという気もする。

骨頂カレーは雑居ビルの半地下に入っており、元は喫茶店だった店舗を居抜きで使っているそうだ。働くのは、店主の吉田《よしだ》さんの他にはアルバイトふたり――私と祥子だけだが、七人座れるカウンターにテーブルが四つという見渡しやすい店だから人手が足りないということもない。

いざ開店すると祥子がホールを支配し、厨房《ちゅうぼう》には吉田さんが威風凜然《いふうりんぜん》と構え、私はふたりのあいだをうろちょろしている。以前はアルバイトが祥子ひとりで、代わりに吉田さんの奥様がばりばりと店をぶん回していたそうだけど、今は子が生まれたばかりで仕事を休んでいる。その話を聞いた私が「チャンス！」と叫んで強引にもぐり込み、現在の骨頂カレーのフォーメーションが出来上がった。

私はこの店で働き始めてまだ日が浅いけれど、祥子は大学生だった頃から剛腕の奥様の下につき四年もの修業を積んでいるから、歴戦のホールスタッフと言える。皿を的確に出しては下げ、よどみなくお冷を注ぎ足し、ノールックでレジを打つ。

さらにそのルーチンワークでは飽き足らない彼女は、新たなおもてなしの形なのか暇つぶしの悪戯心《いたずらごころ》なのか、奇妙な技を生み出した。彼女自身が「幽霊給仕」と名づけたその技は、客がカレーを食べ終えた直後、相手にそうと気づかせぬうちにテーブルの端に食後のコーヒーを置いてくる。この技を受けた客の大半は、剣豪に斬られたことにあとから気づく敵役《かたきやく》のようにしばし遅れて手元のコーヒーをみつけて目を丸くする。あるいは気づかないまま肘で突いて悲鳴を上げたりもしているから、やはりおもてなしの心ではなく、悪戯心が生んだ技なのかもしれない。

けれど、その幽霊給仕が唯一通じないのが、私だ。

祥子は向かいの席に座りながら、「音がしたかな？」とぼやき声を上げる。私はコーヒーカップを手に取って答えた。

「いいえ。まったく」

「ノートに集中してると思ったんだけど」

「そうですね。けっこう夢中でしたよ」

「今回は自信あったんだけどな。どうして杏には気づかれるんだろ？」

実のところ、私が幽霊給仕を打ち破れるのには単純な理由がある。けれど口にするのも馬鹿馬鹿しい理由だったものだから、私は手慣れた微笑で彼女の質問を受け流した。

すると祥子は追及を諦め、代わりに大学ノートに目を向ける。

「それ、なに？」

「ラブレターですよ。題して、偉大なカレーに対するささやかな考察」

祥子はけらけらと可愛らしい笑い声を上げながら、ノートに手を伸ばした。

「わけわかんない。暇つぶし？」

「いえ。愛情表現です」

「カレーへの？」

「吉田さんがレシピを教えてくれないんですよ。どうやら、私のカレー愛が疑われているようで」

祥子はノートを手に「いい？」と窺うような目をこちらにむけた。私は軽く頷いてそれに答える。千年生きてわかったのは、人は悟りもしないし賢者にもならないが、たいていの恥は捨てられるということだ。カレーへの愛を強引にでっちあげた乱文乱筆を読まれるくらい、別になんということはない。

にたにた笑ってノートに目を向けたまま、祥子が言った。

「でもさ。あんた、カレーよりスイーツの方が好きでしょ。ほら、芦屋《あしや》の洒落《しゃれ》たお店の、スタッカート?」

「クロスタータ」

「お。意外とおしい」

「そうですか?」

さらにいえば、美味しいクロスタータを売っていたお気に入りの洋菓子店は、すでに芦屋にはない。大阪に移転してしまったのだ。

芦屋の有閑マダムがお茶会に使っていた、ハイソを絵に描いたようなまっ白な壁のお店も閉まり、今は熱気あふれる天神橋筋商店街の一角で生き馬の目を抜く商いの争いに身を投じているらしいから、諸行無常の世の中だ。

「ねぇマスター。杏にも仕込みを手伝わせたら?」

祥子がそう声をかけると、厨房で鍋をみていた吉田さんが、カウンターの向こうから顔を突き出す。

彼はぷっくりとした柔らかな体格で、赤べこを思わせる和《なご》やかな顔立ちをした不惑の歳の大男だ。意図的に伸ばしているのか、それともただ無精なだけなのか、ちょうど判断に困る長さの口髭を生やしており、それを左手でぞろりと撫でながら言った。

「僕はね、うちの味は馬鹿に継がせるって決めてんの。杏ちゃん馬鹿じゃないでしょ」

私は祥子のコーヒーをずずずといただきながら答える。

「とくに賢くもないですが、どうして馬鹿がいいのです?」

「なんか熱い感じがするじゃん。カレーへの馬鹿らしくも熱い愛！」

「常温の愛というのも、なかなか素敵なものですよ」

「カレーは熱々でしょ！」

「骨頂カレーは冷めても美味しいのに。あ、ワゴン車でお弁当を売りませんか？　ビジネス街に繰り出せば、がっぽがっぽと儲かるかも」

「お金なんてちょっとでいいの。それより、ひと皿への愛情よ」

話はおしまいとばかりに、吉田さんが厨房に顔を引っ込める。

私は祥子に向き直って尋ねた。

「ね。ふたりで一緒にどうですか？　ワゴン車の骨頂カレー二号店」

彼女は私が執筆した「偉大なカレーに対するささやかな考察」に目を落としたまま答える。

「うーん。楽しそうだけど、本職がおろそかになるといけないから」

また吉田さんが厨房から、ぬっと顔を突き出した。その動きはなんだかワニワニパニックじみていて、私は赤べこバージョンのそれを想像した。

「祥子ちゃんって、なにしてる人なの？」

「乙女の秘密ですよ。詮索しない方がダンディですよ」

「だって気になるでしょ。可愛いからご当地アイドルとか？」

「顔出すの嫌いなんですよ、私」

「じゃあ覆面アイドルってやつ？」

いる。

「あ、ちょっと近い」

けれど私は知っている。

骨頂カレーの歴戦のホールスタッフでもある祥子は、本業として、正体不明の盗み屋を営んでいる。

盗み屋について説明しよう。それは職業化した泥棒だ。けれど基本的には、通常の泥棒との違いはない。やっていることも使う道具も同じで、どこにも開業届なんて出していないし、しっかり犯罪だからみつかれば捕まる。

唯一の違いは、盗み屋には依頼人がいることだ。つまり自分では標的を選ばず、「あれを盗んできてください」と頼まれたものだけを狙う。そして首尾よく手に入れた物品を依頼人に引き渡し、約束通りの報酬をもらう。

――だってさ、でっかい宝石とか盗んでも、どこに売っていいかわかんなくない？

と祥子は言った。「実《げ》にですね」と私は答えた。

彼女の仕事の善悪に関しては、残念ながら触れようがない。なぜなら私の千年間にも、法を逸脱して日々の糧《かて》を得ていた時期があるのだ。人様を断罪できる身ではない。加えて獣や草花の生涯も経験した頭では、世間一般の倫理にも馴染みづらい。

なんにせよ彼女が盗み屋を営んでいるのは、都合が良いことだった。

私はある本を求めているが、それは、通常の方法ではまず手に入らないものなのだ。


骨頂カレーはなかなかの人気店だ。さらに吉田さんは彼独自のこだわりでカレーの量産を嫌うので、午後八時になるころにはルーが売り切れ店じまいになるのが常だった。勤勉な吉田さんはそのあとも夜遅くまで店に残って料理の仕込みをしているけれど、アルバイトの私たちは洗い物と片付けが終われば晴れて放免となる。

古着屋でみつけた葡萄《えび》色のダッフルコートをきっちりと着込んで店のドアを押し開けると、その先はまごうことなき冬だった。冷気がつんつん鼻の奥を刺激して、路面に繋がる階段を先に上る祥子が、カエルが跳ねるような可愛らしいくしゃみをした。

一二月九日の三宮は、師走の慌ただしさよりも、クリスマス前の期待感が濃厚だ。浮足立つほどではない――いつの間にか恒例になり、もうみんなすっかり慣れてしまったけれど、やはりほかの一一か月間とは質が違う賑わい。平気な顔をして道を行く人たちもツリーのイルミネーションには目を奪われるし、BGMに「サンタが街にやってくる」が流れるとつい歩調を合わせてしまう、ゆったりと落ち着いた興奮。そのほろ酔い加減が心地よい。

私は背が高い祥子と、でこぼこに肩を並べて歩く。スタイルの良い彼女は、ハードボイルドな黒いトレンチコートをきりりと着こなしている。

今日はこのあとにもうひと仕事と、さらにそれから、ふたりで少しリッチなディナーを予定していた。

「お店は何時だっけ？」

「一〇時半で予約しています」

そう話しながら駅に向かっていると、「ちょっと」と声をかけられた。骨頂カレーを出てから、まだ二〇メートルほどだ。

みるとこの霜夜に、路上占いをやっている。鼻から下を黒いマスクで隠した占い師らしき男の前に小さな机があり、そこにどんと載った行灯《あんどん》には「運命鑑定」と書かれている。行灯の火は占い師の隣に置かれたブラックボードを照らし、ボードにはやたら流麗な字で「ショート1000円、ロング2000円」とある。

祥子がぴたりと足を止め、そのシンプルなメニュー表に目を向けた。

「占いって、長さで結果が変わるものなの？」

想定外の質問だったのか、占い師はしばらく口ごもる。それから、春の小鳥の鳴き声に似た甲高い声で答えた。

「結果っていうか、半分は人生相談みたいなものですから」

「長い愚痴を聞かされたら倍取るぞってこと？」

「そんな言い方しないでくださいよ。ショートは五分、ロングは一五分。お時間の使い方はお客様次第です」

なるほどねぇとつぶやいた祥子がまた歩き出そうとすると、それをみた占い師が間髪を入れず、勢いよく立ち上がる。

「ちょっと、待ってくださいよ！　二分。二分だけ話を聞いてください！」

「それっていくら？」

「タダで結構。お伝えしたいことがあるのです」

「あ。もしかして死相がみえた？」

祥子が自分の顔を指さす。

けれど占い師は、ぶんぶんと首を振った。

「いえ。そうではなくて」

「じゃあラッキーなやつ？」

「根本的に違います」

「根本ってなによ？」

「そもそも、貴女じゃありません」

「なるほど。たしかに根本的」

占い師は音をたてて机に手を突き、身を乗り出した。その衝撃で揺れる行灯の火に照らされながら、ぴしりと私を指す。

「貴女。貴女の方です。今、貴女の目の前に、あまりに巨大な運命が！」

彼が熱心に声を張り上げるものだから、私の方も驚かなければ無作法な気がして、「なんということでしょう」と応じてみせる。こちらは神に呪われて、もう千年も転生を繰り返している身なのだから、まずまず稀有《けう》な運命ではあるだろう。

占い師は、開戦間もなく祥子にはぎ取られた威厳をいまからでも纏《まと》いなおそうと決めたのか、声をぐっと低くして言った。

「貴女、悩みがありますね？」

「まあ、じっくり探せばひとつやふたつは」

「それは人間関係の悩みですね？」

「どうでしょう。そうと言えないこともないですが――」

吉田さんがカレーのレシピを教えてくれないのは、人間関係の悩みだろうか。

「ちなみに、恋人は？」

「おりません」

よし、とつぶやいて、占い師が小さなガッツポーズを作るのがみえた。なにかしらの強い確信を得たようだった。

「よくわかりました。では、占いの結果発表です」

「はい。どうぞ」

彼は軽い咳払いを挟み、睨《にら》み据えるような眼差しを私に向けて誇らかに告げる。

「今宵貴女は、永久に運命を共にする方に再会するでしょう」

彼の言葉に合わせるように、通りの向こうの高架線を、電車がごうと音をたてて駆け抜ける。そちらから木枯らしの突風が吹き、祥子が軽くトレンチの首元を押さえる。私の背後でカフェのドアが開き、路面を照らす黄色い光と共に、マライア・キャリーが唄う「恋人たちのクリスマス」が漏れ聞こえる。

「運命、ですか」

私が小声で繰り返すと、占い師は厳然と頷いてみせた。

「今宵これから待ち構えている貴女の再会も、この占いも運命です。努々《ゆめゆめ》お忘れなきように」

ひとまず私は微笑んで、「ありがとうございます」と答えてみせた。返事に困れば微笑に限る。

けれど、彼の占いは有難いものではなかった。

――だって運命なんてもの、私にはもう充分ですから。

平穏無事にこの日々が続けば良い。それこそが私の幸せだ。

なのに祥子が、にんまり笑う。

「いいじゃん。ついに、千年の思い人に会えるんじゃない?」

「どうでしょうね」

「期待してないの?　どっかにはいるんでしょ」

「ええ。とはいえ、何もかも忘れていますが」

男は生まれ変わるたびに輪廻を忘れ、しかし女の生まれ変わりを愛したとたんにそれを思い出す。女は逆さで、輪廻を覚えたまま生まれ変わり、しかし男の生まれ変わりを愛したとたんにそれを忘れる。

この馬鹿げたルールの中で、いったいどんな幸せが手に入るだろう。一時はずいぶん思い悩みもしたが、それは遥か昔のことだ。

「会いたくないの？」

と祥子が言った。

「なんというか――」私は言葉を選んで答える。「ひとまずもう、終わったことなのです」

そう。私たちの恋の物語は、すでに終わりを迎えている。

けれどそれは、悲劇でもない。

なぜなら今の私は、十全に幸せだからだ。


ＪＲ三ノ宮駅の山側ロータリーでタクシーに乗り込んだ私たちは、洒落たイルミネーションで飾られた北野坂を上り、ゆったり優雅に山本通を走り抜けた。けれどそこから再度山《ふたたびさん》ドライブウェイの山道に入るとヘアピンカーブの連続で、左右にかかるグラビティによってノンアルコールの酩酊を覚え始めたころ、右手に駐車場がみえた。

タクシーを降りると、駐車場の奥に階段があるのが目に入る。その階段の片脇で、柚葉《ゆば》色の看板がライトアップされている。看板には昭和の初期によく目にしたような明朝体で、上にある建物の名が記されている。――金星台山荘《きんせいだいさんそう》。

それは六甲山麓《ろっこうさんろく》に建ち神戸の街と大阪湾を見下ろす、客室が四〇ほどのこぢんまりとしたホテルだ。階段を上ると、赤煉瓦《あかれんが》を存分に使ったアールデコ風の四階建ての洋館が、築四七年の程好い威厳で私たちを迎え入れた。

祥子は駅のコインロッカーから取り出したパタゴニアのバックパックを背負っており、トレンチコートのシャープなシルエットがやや崩れたが、それでも颯爽《さっそう》とブーツを鳴らしてロビーに入る。一方、私の足音は、素足で階段を上る幼子のようにぺたぺたと聞こえて不思議である。

予約した部屋は頭に「デラックス」とつくダブルベッドの一室で、ネット割引を駆使した素泊まりでも私の食費ひと月ぶんほどの値段だった。奮発した甲斐あって、展望の良い大窓のある最上階の一室に通される。その窓の枠には、額縁に似た立派な装飾が施されており、向こうの夜景がまるで一枚の絵画のようにみえる。

ホテルの名にある金星台とは、一八七四年の金星の太陽面通過に由来する。この稀有な天文ショーの特等席を求めた欧米各国の学者たちがこぞって日本に入り、現在金星台山荘が建つ地にはフランスの天文観測隊が陣取った。専門家が自分たちのために選んだ土地なのだから、空の展望は申し分ない。

けれどそれにも増して美しいのは、眼下に広がる夜景だ。神戸の火樹銀花《かじゅぎんか》はまるで時代の移ろいに合わせて建て替えられた『銀河鉄道の夜』のステーションのようで、よく言われる「一〇〇万ドルの夜景」との形容もやや謙遜しているようにさえ思える。聞きかじった話では、この一〇〇万ドルとは灯りの電気代から生まれたフレーズだそうだが、それが計算されたのは二〇世紀半ばのことだから、実際に今はもっと高価だろう。――こんなに価値ある景色を望めるのですからひと月ぶんの食費など安いものですねと、私は胸の中で強がりを言った。

祥子はバックパックをサイドスローでクイーンサイズのベッドに放り投げ、額縁窓に駆け寄った。そしてバックパック投擲《とうてき》と同じフォームで勢いよく窓を全開にし、先の夜景に飛び込むように身を乗り出す。

「ほら、あれ」

すらりと伸ばした祥子の指先には、ホテルの庭に飾られた巨大なクリスマスツリーの頂きで輝く星形のオーナメントがある。ツリーの高さはおそらく一七、八メートルほどで、彼女が指す星は四階にいる私たちの頭より、さらにいくらか高いところにある。

「いいね、あれ。欲しいな」

「そうですか」

「でっかいツリーをみたらさ、誰だっててっぺんの星を自分のものにしたいと思うでしょ？」

私は彼女の隣で革張りのチェアに腰を下ろし、「無論です」と軽く答える。わざわざ生真面目に、首を横に振るような話でもない。

「なんであんなものが欲しいのか、私もよくわかんないんだよ。でもさ、ああいう役に立たないものが欲しいから、人生ってのも悪くない気がするんだよ」

「まったくです。自由とはつまり、健全で無意味な欲望を持てることです」

「そうなの？」

「さあ。なんとなく雰囲気で言ってみました」

それから祥子は窓辺で頬杖をつき、しばらく夜景を眺めていた。私はチェアに座ったまま、彼女の横顔をみつめて過ごす。「ポートタワーはみえないね」と彼女が言って、「残念ですね」と私は答える。窓の向きは申し分ないけれど、手前に兵庫県警本部庁舎の大きなビルがあり、ちょうどポートタワーが隠れている。

やがて祥子が、静かな手つきで窓を閉めた。彼女が書き物机に置かれた時計に目を向けたから、私もそれにつられる。――午後八時五〇分。

「一時間で済ませれば、ディナーの予約に間に合うね」

「せっかく良いお部屋ですから、ゆっくりしたい気持ちもあります」

「でも、そういうわけにもいかないでしょう。相手がいることなんだから」

祥子はジョーカーの札に似合いそうな、露悪的にもみえる笑みを浮かべて、ベッドの上のバックパックを指さした。

「じゃあ、着替えて」

チェアから立ち上がり、バックパックのジッパーを開くと、フォーマルな印象の洋装が現れた。黒いスーツと白シャツ、それから見知らぬ名字が刻印された鈍い金色のネームプレート。すべて、このホテルの従業員の制服を模したものだ。

本日、一二月九日。奇しくも一五〇年ほど前、フランスの天文観測隊がこの地で太陽面を通過する金星を観測したのと同じ日。

金星台山荘で、ある本が不正に取引される。

その本――「徒名草文通録《あだなぐさぶんつうろく》」と題した和綴《わと》じ本を盗み出すのが、今宵の私たちの仕事だ。


徒名草文通録は、かつて東北の資産家が所有していたが、その持ち主の死後――今から四年ほど前に盗み出されたと聞いている。

以降、この本は行方知れずとなっていた。けれど古書の界隈では他に類するものがない珍妙な稀覯本《きこうぼん》として名を轟《とどろ》かせていたものだから、所在の噂は諸説紛々《ふんぷん》、絶えず上っては消えていた。

なんといってもこの本は、執筆期間が八〇〇年にも及ぶ。紙の年代だけをとっても、冒頭のものは鎌倉時代に作られた和紙であり、さらに室町、戦国、安土桃山、江戸、明治とそれぞれ紙が付け加えられて綴じ直された跡がある。

内容も奇怪千万、詠《よ》み人知らずの歌があれば、著名な浮世絵師の肉筆画があり、津軽三味線の譜面の隣には犬の肉球がぽんと押される。ぴったりと張り付いていてひらかないページがあったかと思うと、ふいに押し花が飾られもする。「文通録」の名の通り、時代を超えて各々が身勝手な文を交わしたかのような――現代風に言うのなら、ＳＮＳをあてもなく彷徨《さまよ》うような雑多な内容でありながら、中には一枚切り取るだけで歴史的価値があるページが紛れ込んでおり、総体では値段のつけようもない。

いったいどんな巨大な意思がこの本を成立させたのか、それともこれといった目的のない時代を超えた悪ふざけなのか、専門家たちのあいだでも未だ答えは出ないという。言わずもがなではあるけれど、私が欲しい本というのがこの徒名草文通録だった。

ところで祥子は盗み屋の依頼人との交渉で、毎度同じ質問をするそうだ。

ひとつ目は「どうして欲しいの？」で、ふたつ目は「手に入れてどうするの？」。この質問に依頼人がなんと答えるかで、仕事を受けるか断るか、報酬をいくらに定めるのかを決めている。

およそ三か月前のあの白蛇が現れた夜、私はココアを飲みながら、徒名草文通録を盗んで欲しいと依頼した。そのときにも、彼女はやはり同じ質問をした。

「どうして欲しいの？」

「だってもともと、私のものですから」

「手に入れてどうするの？」

「多少ページを付け足します。私はそれで満足ですから、あとはいるなら貴女にあげます」

私の返事を聞いた祥子は、あっけらかんと頷いた。

「杏のものなら盗《と》ってあげる。料金は必要経費と、あとはごはんをおごってね」

「ごはんですか？」

「だって仕事が上手くいったら、ちょっと良いお店で乾杯したいでしょ？」

実《げ》にですねと私は答えた。

祥子の話では、現在の徒名草文通録の持ち主は和谷《わや》雅人《まさと》という人らしい。本職は宮司《ぐうじ》をしているけれど、古書の世界では剛腕の背取りとして名を馳せ、また本人も稀代の珍書蒐集家《しゅうしゅうか》であるそうだ。

　ところでこの夏、酷暑のあおりを受けてある文豪が長逝した。結果、一説には一〇万冊を数えるとも言われる彼の蔵書が市場に放たれ、好事家《こうずか》たちが我先にとその玉石入り乱れる紙とインクの山脈に群がった。和谷さんも資金を青天井と仮決めしてその競争に参加したけれど、もちろん実際にはそれなりの高さの天井があり、金の工面に迫られることになった。そこで徒名草文通録を手放すことにしたのだという。

　和谷さんは滋賀に居を構えている。でも本日は忘年会を兼ねた神主たちの会合で神戸を訪れており、金星台山荘に宿泊する。そして今夜、このホテルである男に会い、秘密裏に徒名草文通録を売り渡す——ここまでは、間違いのない話らしい。

　妙にゆっくりと動くエレベーターの中で、祥子が言った。

「ひとつ、懸念事項がある」

「なんですか?」

「ここに来るまでのタクシー、誰かにつけられていた気がする」

私はまったく気づかなかった。「危ないですか？」と尋ねると、彼女はわずかに眉を寄せた。

「わかんないけどね。なにかあったら、各自逃げよう」

「了解です」

そしてようやく、エレベーターのドアが開く。

二〇七号室のスタンダードシングルが和谷さんの部屋だ。やや色褪せた赤い絨毯《じゅうたん》敷きの廊下《ろうか》を進み、部屋の前で足を止める。私は軽く我が身を見下ろし、このホテルの制服の着こなしを確認してから、そっとドアをノックする。

「和谷様。いらっしゃいますか、和谷様」

祥子は私の隣にしゃがみ込み、二本の折れ曲がった金具を鍵穴に差し込んでいる。

金星台山荘の鍵は、推理小説のアイコンになりそうなアンティーク風のもので趣があるけれど、鍵の歯が噛み合えば開く単純な構造なので防犯面では心許《こころもと》ない。彼女の手元から聞こえる、金属が擦《こす》れる音をかき消すため、私は繰り返しドアを叩いて「和谷様」と呼び続ける。返事はない。

やがて祥子の手元で、かちん、と気持ちの良い音が鳴った。祥子が静かに立ち上がり、私に目を向ける。

——ただ従業員が、マスターキーで錠を開けたように。

そうしてねと言われている。

「どうやら、お出かけになっているようです」

私は祥子に向かって演技を続けながら、ダミーの鍵——私たちが借りた部屋のものだ——を片手に持ってドアを引く。

中にはひとりの男がいた。まずまず長身で身体つきの細い男性だ。神主たちの会合から帰ったばかりなのだろうか、彼は鈍色《にび》のピーコートに身を包み、頭には黒いニット帽、口元はマスクという出で立ちで、部屋へと続く通路の途中――バスルームのドアの前に立っている。

私は大げさに仰天した顔を作る。

「ああ、いらっしゃいましたか。和谷様、お休みのところ失礼致します」

目を見開いた和谷さんが、上ずった声で言った。

「なんです、急に」

「誠に申し訳ございません。実は生田《いくた》警察署の方がいらして――」

答える私の脇を抜けて、祥子が前に出た。彼女はトレンチコートの懐《ふところ》から出した偽の警察手帳を、ほんの一瞬だけ開いてみせる。

「すみませんね、急にお邪魔して。ちょっと協力していただきたいんですよ。実は昨日、この部屋に宿泊した男に薬物密輸の嫌疑がかかっていましてね。まだ逃走中なんですが、部屋を調べればなにか痕跡があるんじゃないかって話です」

なかなかの名芝居をみせる祥子に思わず吹き出しそうになりながら、それでもどうにか真顔を維持して、私は補足する。

「和谷様にはたいへんご迷惑をおかけし、誠に申し訳ございません。四階にデラックスダブルの一室をご用意致しましたので、そちらに移っていただきたいのです」

いまだ驚いた様子の和谷さんが、やたらよく通る声で叫んだ。

「困ります！　そんな、一方的な」

祥子が再び偽の警察手帳を取り出して、今度はゆったり提示する。

「そうおっしゃられてもね。こっちだって、何億って額の違法薬物を追いかけているんですよ。いいじゃないですか、部屋もグレードアップするんだし。それともなにか、ここを調べられたくない理由でも？」

和谷さんは目を泳がせながらも、「わかりましたよ」と答えた。彼が足元の鞄に手を伸ばすと、祥子がすかさず声を上げる。

「触らないで！　一応ね。そちらの荷物も確認させていただきます」

「どうして、僕のものまで」

「すみませんが、ご協力ください。ほら、職務質問でも、カバンをみせてっていうのが決まり文句でしょ？　私たち、手荷物検査が本職なんです」

盗品の古書を持っていることがずいぶん後ろめたいのか、和谷さんはしばらく身体を小刻みに震わせていた。その姿は時雨《しぐれ》に濡れる子犬のように哀愁を誘ったけれど、やっぱり止めますというわけにもいかない。私が「お部屋にご案内します」と声をかけると、彼は諦めた風に頷いた。

あとは和谷さんを四階まで送っているあいだに、祥子がこの部屋から目的の本を探し出すだけだ。最後に「盗品の疑いがある本がみつかったから署で預かる」と断っておけば、被害届も出ないだろうという目論見だった。

時刻はまだ、午後九時一〇分。

これならゆっくり、ディナーの予約に間に合うだろう。私は和谷さんを先導して歩きながら、こっそりと口元を緩めた。


エレベーターホールに立ったとき、まず不審に感じたのは物音だ。

ホールにはエレベーターの向かいに木製の大きなドアがあり、先は階段になっている。その階段の方からごそごそと音が聞こえたが、間もなく鳴りやんだのだ。何者かがそちらに身を潜めているようで、私は祥子から聞いた、追跡者の話を思い出した。

――ちょっと階段を覗いてみましょうか？

危機感よりは好奇心でそう悩んでいると、ドアの向こうから男女の声で「きゃっ！」と悲鳴をユニゾンするのが聞こえた。

いよいよ階段の様子が気になるが、ちょうどこちらでもエレベーターのドアが開いたところだ。

仕方なく私はエレベーターに乗り込む。

三階を通過するころ、和谷さんが未だ緊張した声色で言った。

「あの。音楽は聴きますか？」

なんだか場違いな話題に感じて、内心で首を捻《ひね》りながら私は答える。

「それなりには。ジャズには少し興味があります」

前々世の壮年期には、チャーリー・パーカーだとかジョン・コルトレーンだとかをターンテーブルに載せていた。でも前世は猫だったため、そこで音楽からは離れている。

エレベーターが四階に到着し、ドアが開く。廊下に足を踏み出しても、和谷さんは話題を変えなかった。

「邦楽は？」

「多少は聴きますが、詳しいわけではありません」

「じゃあ、これは？」

和谷さんは、短いフレーズを口笛で吹いた。マスク越しではあるけれど、そのわりには美しく澄んだ音が廊下に響く。私は「おお」と感嘆の声を上げて彼の口笛を称えた。

「お上手ですね」

「ありがとう。この曲、知っていますか？」

「さあ。これかなというのはありますが――」

話しているうちに、目的のドアの前に到着した。私のひと月ぶんの食費こと、デラックスダブルの一室だ。

「こちらです」

私が再び鍵を取り出して、部屋の錠を開けたとき、ポケットの中でスマートフォンが鳴った。そのポップな電子音は、祥子からの連絡で、速やかに内容を確認するよう言われている。

私はスマートフォンの画面を覗く。そして思わず「おや？」と声を上げた。

『死体発見！』

と、そこには書かれていた。

『たぶん、こっちがホンモノの和谷さん？』

続いて画像が一枚届く。

血で染まったバスルーム。着衣のまま浴槽に座り込む、流血した中年男性の姿。ホンモノの和谷さん？　では、いったい。

私は和谷さんに——これまで和谷さんだと思い込んでいた、マスクと黒いニット帽の男に目を向ける。彼の方もこちらをみていた。ただしくは、私の手元のスマートフォンに映った写真をじっとみつめていた。

荒事《あらごと》の予感を覚え、彼から距離を取ろうとしたけれど、それより先に長い腕がぬっと伸びてくる。一方の手で肩をつかまれ、もう一方で口を塞《ふさ》がれ、そのままむんずと羽交い絞めにされた。私の子供のように小さな身体はなすがままだ。

偽和谷さんが、私の耳元で囁《ささや》く。

「ごめんなさい。話を聞いてください」

聞くから手を放してください、と答えたいけれど、ふがふがと声がくぐもるばかりで上手く言葉にならない。

「僕は犯人じゃない。本当です！」

はいはい、わかったからお静かに。ホテルの人が来ちゃいますよ。

「怖ろしい目に遭わせて、ごめんなさい。でも、信じて。僕も混乱していて——」

こちらには話を聞けというのに、あちらの方は聞く耳を持たないようだ。戦の時代に覚えた柔術で放り投げてしまおうかとも思ったけれど、ばたばたとうるさくして、周囲に怪しまれても困る。私は私で偽のホテル従業員をやっているのだから、騒ぎを大きくしたくはない。

仕方なく「色即是空《しきそくぜくう》」と胸の中で唱えて成り行きに身を任せていると、偽和谷さんは私を羽交い絞めにしたまま、器用にマスクをずらす。

「驚かせてすみません。僕を、ご存じですね？」

現れたのは、なかなかの美男子だ。愁《うれ》いを帯びた美しい眉目《びもく》できりりとみつめられると思わず頷きたくもなるけれど、見覚えはまったくない。

わかりませんよと首を振ると、彼は目を見開いた。

「え？　本当に？」

私はもごもごと、「本当です」と答えながら頷く。

「でも、さっき。――あの、『タートルバット』はご存じですよね？」

もう一度首を振ると、彼は落胆した様子で顔をしかめた。

さすがに面倒になり、私は口を押さえる手のひらを嚙む。偽和谷さんが「ぎゃっ！」と叫んで手を離した。けれど私が逃げ出そうとすると、両肩を彼の大きな手がつかみ、意外に強い力でぐっと押される。背中が廊下の壁にぶつかり少し痛い。

「逃げないで。お願いします」

「別にどこにも行きませんよ。貴方は、和谷さんではないのですね？」

「本当に僕を知らないんですか？」

「まったく。世相に疎《うと》く、申し訳ございません」

「あの、僕、ノージー・ピースウッドと申します」

「西洋の方でしたか」

「いえ。日本人です」

それからノージーさんは、たどたどしく自身の素性を説明した。話をまとめると、つまりこういうことらしい。

彼はミュージシャンで、本名は野寺和樹《のでらかずき》という。ノージー・ピースウッドとは要するに芸名だが、彼はその表現を嫌い「アーティストネームです」と繰り返した。

彼の名を世に知らしめたのは六年前に発売されたデビュー曲「タートルバット」で、売り上げはハーフミリオンを達成し、いくつかの新人賞も獲得した。当時はルックスも相まって人気が急騰し、バラエティ番組にテレビコマーシャルにドラマの端役にと八面六臂《はちめんろっぴ》の活躍をみせた。最近は音楽活動に集中するため露出を減らしているが、二〇代から三〇代の女性には圧倒的な知名度を誇る——というのがノージーさん自身の評だ。

彼の問わず語りはなかなかに聞き応えがあったけれど、下の部屋では和谷さんの死体がみつかっているのだからのんびりしてもいられない。

「その有名ミュージシャンであるノージーさんが、どうして和谷さんの部屋に？」

私がそう尋ねると、彼はとたんに声の勢いを失い、ぼそぼそと答えた。

「実は、ある古書を譲り受ける約束があり――」

「徒名草文通録ですか」

「ええ！　ご存じなんですか？」

「ちょっと小耳に」

つまり、和谷さんがこのホテルで徒名草文通録を密売する予定だった相手が、ノージーさんなのだろう。

「だから、僕はあの人の、ただの客なのです。言われた時間に部屋を訪ねたのですが、和谷さんはすでに血を流して倒れていました」

「バスルームで？」

「はい」

「脈や呼吸を調べましたか？」

「いえ。あの、怖ろしくて」

「警察にご連絡は？」

「それは、まだ。ですが、すぐに貴女たちが来ましたから」

「どうして和谷さんのふりなんかしたのです？」

「そんなつもりはありませんよ、そちらが勝手に勘違いしたんです。自信を持って断言できる――僕はこれまで、まごまごと戸惑っていただけです！」

「なるほど。ところで、文通録が盗品だということはご存じですか？」

私の追及に、ノージーさんが言葉を詰まらせる。けれどそのあからさまな顔色をみるに答えは自明だ。私は慎しみなく、つらつらと考えを述べる。

「つまり著名人であるところのノージーさんは、盗品を秘密裏に購入するのが後ろ暗く、事情を明かすべきか迷ってとりあえずは様子をみていたわけですね。けれど私の手元に惨劇《さんげき》の画像が届いたのをみて、素性を白状することにした」

「何度も打ち明けようとしたんですよ。ただ、なかなか一歩を踏み出せず――。だから、まごついていただけなんです」

彼の話が、嘘か実《まこと》かはどうでも良い。けれど信じておいた方が、問題は少なそうだ。私は廊下の壁に押さえつけられたまま頷いた。

「なるほど、よくわかりました」

「あの。本当に信じてます?」

「どこに疑うところがあるというんですか」

「そうですが、でも――」

こちらが信じると言っているのに、ノージーさんはまだうじうじと悩み込んでいるようだ。よって彼の納得のために、私はもう少し詰問することにした。

「貴方が和谷さんの部屋を訪ねたのは何時ですか?」

「午後九時にと言われていたので、ちょうどその時間です。一〇分前には二階に着いていたのですが、時間を潰してきっちりと」

「鍵は？」

「開いていました。ノックをしても返事がないので、そのまま入って――」

「ですが、五分後に私たちが訪ねたときには、鍵がかかっていましたね」

「ああ。僕が閉めたように思います」

「死体を隠したくて？」

「違います！　入ってすぐに。その、貴女がいう後ろ暗い取引を予定していたから」

「だいたいどうして、徒名草文通録を買うつもりだったのです？」

私の質問はどうやら彼の核心を突いていたようで、ノージーさんは「それは」と言ったきり、黙り込んでしまう。

彼の実直な様子が可愛らしく、私はつい悪戯心で言った。

「もしかして、金銭目当ての犯行では？　元はといえば盗品ですから、くすねても他言できないと考えて、盗みを働こうとしたところを和谷さんにみつかり――」

私の言葉を遮《さえぎ》って、ノージーさんは大声で否定した。

「違います！　代金はもう振り込みました！」それから、諦めた風に言い足した。「実はあの本には、ある曲のスコアが載っているそうなんです」

それは、私も知っている。

「ではノージーさんは、三味線を弾かれるのですか？」

知らぬ間に書き足されていたなんてことがない限り、徒名草文通録に載っている譜面はひとつきりで、それは三味線の独奏曲だった。

「貴女は本当に、いろんなことを知っていますね」

「風姿《ふうし》よりは年嵩《としかさ》ですから、多少の知識があるのです」

「実は、僕の代表曲が、あの本に載っている曲――『雪花夢見節《せっかゆめみぶし》』にそっくりだという話を聞いて、ぜひ確かめてみたくって」

「代表曲というのは、口笛の？」

「はい。『タートルバット』です」

でしょうねと、私は胸の中でつぶやく。彼の口笛を聞いたとき、私が思い浮かべたのが「雪花夢見節」だったのだ。

ノージーさんは、気品のある美しい瞳で私の顔を覗き込む。

「僕の代表曲は、もしかしたら盗作なのかもしれない。このことが大問題なんです」

彼には切実な事情があるのだろうが、私の知ったことではない。そろそろ彼に押さえつけられている肩が痛くなってきて、もう話を切り上げたかった。

「ご事情はよくわかりました。ところで私はもうフロントに戻らなければいけませんから、これで――」

「ああ、やっぱり僕を疑ってるんですね？」

「どうしてそうなるんですか」

「だって、すぐに逃げ出そうとするから！」

「肩が痛いのです。まずは放して――」

「僕を信じてくれるなら、ぜひあの刑事さんのところまで、一緒に。僕は和谷さんを殺してなんかいないって、貴女からも言っていただけませんか？」

「わかりましたから、落ち着いて」

「本当に無罪なんです！　僕はあの部屋に行っただけです！」

相変わらず話にならない。さすがにそろそろ放り投げてしまおうと決めた、ちょうどその時だった。

横からぬっと手が伸びて、私の肩を押さえるノージーさんの腕をつかんだ。関節を捻られたのだろう、ノージーさんが「痛い、痛い」と叫びをあげる。それで私の肩が解放された直後、彼の身体が浮かび上がり、足がくるんと天を回ったかと思うと、そのまま絨毯敷きの廊下にどしんと落ちた。綺麗な背負い投げである。

ノージーさんを投げ飛ばしたのは、濃紺色の洒落たスーツを着た、見上げるほどの大男だった。スーツ越しでも筋肉質だとわかる体軀は綺麗に引き締まっており、黒髪は大量のポマードによって微動だにしないオールバックに固められている。歳は三〇になるかどうか――ノージーさんと同じくらいにみえる。

彼は私に向かって、ボディービルダーがポージングのときにするように、にっかりと笑ってみせた。その顔の隣では、なぜだか赤い薔薇の花びらが一片だけ舞っている。絢爛《けんらん》豪華な男である。

「大丈夫ですか？　お嬢さん」

「これはどうも、ありがとうございます。別段子細はございません」

「もしよろしければ、事情をお教えいただけますか？」

「さて。私もわからないことだらけなのですが――」

派手な大男と話していると、廊下で潰れていたノージーさんが起き上がり、やたらと通る声で叫んだ。

「浮島《うきしま》さん！」

「ああ。なんだ。ノージー君か」

どうやらふたりは相識らしい。

「浮島さんが、どうしてここに？」

「ちょっとね。和谷さんと約束があって」

「もしかして、まだあの本を狙って？」

「いやいや、そんな気持ちはまったくないよ。今はオレより、君の話だろう？　どうしてこのお嬢さんに狼藉《ろうぜき》を」

「狼藉なんてとんでもない！　ちょっと錯乱していただけです」

「へえ。錯乱ねえ」

「だって、和谷さんが死んじゃったんですよ！」

「え？　死んだ？」

私がぱちんと手を叩くと、ふたりは揃ってこちらを向いた。

諸々が面倒になり、私は宣言する。

「静粛に。これから和谷さん殺しの調査に取り掛かります。おふたりは嘘偽りなく、ご自身の知ることを証言してください」

現在時刻は、午後九時二五分。

ディナーの予約に暗雲が立ち込めてきた。


大男の名は、浮島龍之介《りゅうのすけ》というらしい。

彼はなかなかの秘密主義者で、それ以上の素性はわからないままだった。歳も仕事も住むところも、「取り立てて語るほどのことはないよ」というばかりで答えない。

ノージーさんが浮島さんと面識を持ったのはこの秋のことで、徒名草文通録の落札を競り合った仲なのだと言う。あの本の購入のため、和谷さんと交渉したのは三人。けれど法外な値がついたため、ひとりは早々に脱落した。

残ったノージーさんと浮島さんは、一時は共に金を出し合って文通録を買い取ろうと話し合っていた。けれど浮島さんの方から「やはり白紙に」と連絡があり、共闘は崩れ去った。その後、ノージーさんは、ずいぶん金策に苦心したそうだ。

「浮島さんは、どうして文通録にご興味が？」

「歴史に触れてみたくてね」

「では、ご購入を取りやめた理由は？」

「プライベートなことですよ」

こんな風に私が彼の事情を尋ねても、のらりくらりと躱《かわ》すばかりだ。

バスルームでみつかった和谷さんの遺体や、その第一発見者であるノージーさんのことを話して聞かせても、「なるほど、なるほど」と頷くばかりで心情がよくわからない。なかなか胡乱《うろん》な人である。

「話はよくわかったよ。では、和谷さんの部屋を確認してみよう」

浮島さんがこの場を仕切りはじめ、エレベーターホールへと足を踏み出す。

私は彼の隣を歩き、尋ねた。

「浮島さんは、和谷さんにどういった御用だったのですか？」

彼が「和谷さんと約束があって」と言っていたのを覚えていたのだ。すると彼は、にっと豪快な笑みを浮かべてみせた。

「実はね、お嬢さん。オレはこれこそが、今回の事件の原因だと予想しているのだけど――」

「と、いいますと？」

「彼は謎の人物から脅迫を受けていたんだよ。ほら、この通り」

浮島さんがスマートフォンの画面をこちらに向ける。そこに表示されているのは、ＳＮＳのスクリーンショットだ。和谷さんに対して「拝酌《はいしゃく》」と名乗る何者かがこう発言している。

——徒名草文通録は、私が持っているべきものなのです。ですから貴方は、あの本を私に譲る義務がある。もしも貴方が義務を果たさないのであれば、血が流れることになるでしょう。

なるほど。たしかに脅迫だ。

「拝酌さんという方は？」

「さあ。無論、偽名でしょうね」

エレベーターの前に立った浮島さんが、指先で弾くようにボタンを押した。エレベーターはこの階から動いていなかった様子で、すぐにドアが開く。

「和谷さんが脅迫を受けていたとして、どうして浮島さんがこのホテルに？」

尋ねると、彼はスマートフォンを手の中でくるりと回してからポケットに戻した。動作がいちいち派手な男だ。

「オレはこの脅迫の件で、和谷さんから相談を受けていたんだよ。柔道の心得があるものだから、頼りにされてね。それでは文通録の売買が完了するまで護衛につきましょうかということになっていた」

「そういった事情でしたら、和谷さんに同行していなければおかしいのでは？」

「それがね、オレの方はこの脅迫を、ただの悪戯だと思っていたものだから。つい油断をして、部屋でうつらうつらとしているうちに」

「部屋というのは？」

「このホテルの三階に、オレも部屋を取っているんだよ」

どこがどうというのでもないけれど、なんだか全部が薄らぼんやりと怪しい話だ。そもそもこの浮島龍之介という男、出で立ちから言動まで首尾一貫して絶妙に怪しく、これが平常通りであればなにかと生きづらそうである。

私たちは二階でエレベーターを降りた。

このときまた、向かいの階段から音がした。今度はぱたぱたと騒々しい足音だ。今宵の金星台山荘の階段では、なんらかの事件が起こっているのかもしれない。

後ろ髪を引かれる思いではあるけれど、ノージーさんと浮島さんを引き連れて事件現場の検証に向かうさなかに「ちょっと寄り道」というわけにもいかない。私たちは二〇七号室へと足を踏み出した。――直後に、ノージーさんが「あ！」と声を上げて立ち止まる。

「僕、ここで不審な男に会ったんです！」

浮島さんも足を止め、力強い瞳をノージーさんに向ける。

「不審な男？」

「はい。九時になる直前です。和谷さんとの待ち合わせ時間まで、僕がこのホールをくるくると歩き回って時間を潰していたときのことでした」

なるほど。おそらく傍目には、ニット帽を被った長身の男がエレベーターホールを歩き回る姿もずいぶん不審に映ったことだろう。

けれどノージーさんは、自身の不審っぷりを棚に上げて力説する。

「小柄で、花束を持った男です。エレベーターから飛び出して僕の背中にぶつかったすぐあとに、またエレベーターに飛び乗ったんですよ」

へえ、と浮島さんが、なんだか楽しげな声を上げた。

「もしかして、白いタキシードを着ていたかい？」

「いえ、全身真っ黒でした」

「そう。いずれにせよ、怪しいね。その人物が拝酌氏かもしれない」

これで話がまとまったという風に、ふたりが仲良く頷き合う。私の目からみれば、ノージーさんも浮島さんもそれぞれ充分不審であるから、現状ではもうひとり不審な男が増えようが、あまり気にもならなかった。

「ともかく現場を検《あらた》めましょう」

私はそう告げて、和谷さんの部屋へと歩みを再開した。


二〇七号室には、鍵がかかっていなかった。

けれどドアを開いても、祥子の姿はどこにもない。すでに文通録をみつけ、逃げ出したあとなのだろうか。

「あの刑事さん、どこにいったんでしょうね？」

「さあ。予定外に死体がみつかったから、あれこれ手間があるのでしょう」

ノージーさんと私がそう話していると、浮島さんが大声をあげる。

「待って、刑事？　もう刑事が来ているのかい？」

そういえば、彼には祥子の話をしていなかった。

「はい。別件で、生田警察署の方がお見えになって」

「へえ。別件ねえ」

「ですが、席を外しているようですね」

「でもね、刑事が殺人現場を無人にするなんてことがあるだろうか？」

なかなか鋭い。ノージーさんは持ち前の気の弱さと錯乱しやすい性格のおかげで祥子を刑事だと信じ切っているようだが、冷静な人間がひとり交じるとこちらの計画が露見しかねない。

浮島さんは考え込むように顎に手を当てて部屋の中へと歩を進め、そう広くもないシングルルームを見渡した。

「部屋はずいぶん荒らされているようだが――」

彼に、ノージーさんが答える。

「でも九時に訪ねたときは、綺麗なものでしたよ」

今はトランクの口が開き、引き出しやらクローゼットやらが開け放たれて、ベッドのシーツまではぎ取られている。おそらく祥子の仕業だろうと考え、私はフォローを試みる。

「警察の方は、麻薬密売犯の痕跡を探しているとのことでしたから。その調査の一環なのでしょう」

けれど浮島さんは、疑い深そうな目をきょろきょろさせている。

「それもなかなか不思議な話だね。痕跡を探すなら、普通はもっと大勢の――たとえば科学捜査官なんかが同行するものではないのかな？」

「そうなのですか？」

「いや。オレもよく知らないけれど」

知らないと言いながら、浮島さんの言葉は自信に満ちて聞こえる。

ノージーさんが、息を呑んで言った。

「まさか、麻薬というのは嘘？」

「だとすれば刑事がここに来た理由はなんだろうね」

「盗品の本の密売を知り、その調査とか――」

「かもしれない。けれど刑事が、事情を隠す嘘をつくのも奇妙だ。なぜ堂々と、盗品の調査に来たといわなかったのだろうね」

やはり浮島さんは、なかなかの慧眼《けいがん》だ。こちらは多少の計画の粗《あら》には目を瞑《つぶ》り、相手の盗品密売の後ろ暗さに付け込んで強引に話を進めるつもりだったから、冷静に考察されるとまずい。

そこで私は、大胆に議論をすり替えることにした。

「和谷さんが脅迫を受けていたのは、間違いないのですね？」

「うん。先ほど画像を見せた通りだよ」

「あの文面を信じるなら、犯行の目的は文通録ということになりますね」

「まず間違いない」

「だとすれば、浮島さん。貴方も容疑者になるようです」

「つまりオレが脅迫文を送り、そして護衛を申し出た——文通録に近づくための自作自演ということかな？」

「はい。そういった背景も、考えられなくはないでしょう」

実際、浮島さんは疑わしい。自分の事情について喋ろうとしないし、このホテルに宿泊している理由も不明瞭だ。和谷さんの護衛が目的だったとのことだが、それにしてはあまりに役に立っていない。

浮島さんは、軽く頷いてみせた。

「たしかに貴女からみれば、オレは疑わしいだろうね。でも、もうひとり。もちろん辻《つじ》君の名も挙げなければならない」

「どなたですか？」

「辻冬歩《とうほ》。文通録を購入したいと和谷さんに願い出た三人目だよ。彼女はずいぶんあっけなく身を引いたが、その頃には強盗殺人の計画を立てていたのかもしれない」

浮島さんの声には奇妙な迫力があり、言葉以上の説得力を感じる。ノージーさんはその迫力に呑まれたのか、「なるほど」と感じ入ったように頷いた。

「僕がぶつかった黒ずくめ、男性だと思っていましたが、小柄な人で口元もマスクで隠れていました。女性であってもおかしくない」

「うん。辻君もまた、このホテルに紛れ込んでいるのかもしれないよ」

「事件が解決に近づきましたね」

いや、別になにも進展はしていない。

私は胸の内でそう考えていたけれど、ノージーさんというワトスン役を得て気をよくしたのだろうか、浮島さんは名探偵のように朗々と続けた。

「ほら、そこに和谷さんの財布が残されている。ならこれは金目当ての犯行ではない。無論、文通録とは無縁の怨恨の類も考えられるが、拝酌氏からの脅迫文を踏まえればやはりあの本の強奪が本命だろう。だとすればノージー君、君は無罪だと考えて良い。なぜなら君は文通録の購入が決まっており、代金まで振り込んでいるのだからね」

「やった、ありがとうございます！」

ノージーさんが歓声を上げる。

私も、この気弱なミュージシャンが犯人ではないというのは同意見だ。けれど浮島さんの推測には、前提に疑問がつく。あの脅迫文が本物だとは思えなかったのだ。

私はバスルームに目を向ける。

「おふたりとも、臭いませんか？」

臭い？　とノージーさんが繰り返す。

実のところ、この部屋に入ったときから違和感を覚えていた。

私はバスルームのドアに近づく。後ろから、浮島さんが言った。

「いけないよ、お嬢さん。死体の調査は警察に任せた方がいい」

「そうですね。本当にここに、死体があるのなら」

「どういう意味だい？」

「この部屋は、ずいぶん獣臭いのです」

嗅いだことがなければぴんとこないかもしれない。けれど、一〇〇年も前の私には馴染みがある、山に暮らす四つ足の血の臭い。

私はバスルームのドアを開きながら続ける。

「おそらく、猪のものでしょう。それから、人工的な防腐剤――こちらはきっと絵具ですね」

「つまり？」

と浮島さんが言った。

言うまでもないことだ。私はバスルームを指して答える。

「和谷さんは獣の血をまき散らしたけれど、頭からそれを被る気にはならなかったのでしょう。疫病の心配もありますから。よって、肌に触れるところだけ絵具を使った。つまりこれは狂言殺人です」

バスルームは真っ赤に汚れていた。しかし死体の姿はない。生死を問わず、そこは無人だ。ただ血だまりの中に、ふたつの落とし物があるだけだ。

その落とし物の一方は円柱型の透明なボトルで、白いキャップがついている。そして、もう一方の落とし物は、祥子のスマートフォンだった。

私は血だまりの中からスマートフォンを拾い上げ、棚にあったタオルでざっと拭く。ロックがかかっていて、中の確認はできない。

祥子と和谷さんはどこに消えたのか？　――祥子の身の安全が、それなりに心配だ。ならば私は、彼女を追わなければならない。

「さて、殺人事件は解決しました。なぜならそんな事件など、初めから存在しなかったからです。私は業務に戻りますので、これで」

ノージーさんと浮島さんに一方的にそう告げて、私はふたりに背を向けた。


そのまま颯爽と歩み去るつもりだったのだけど、部屋を出る手前で、さっそく足を止めることになる。ごん、と景気の良い音を立て、開いたドアになにかがぶつかったのだ。

見れば白いタキシードに身を包んだ小柄な男が、廊下に仰向けに倒れている。

彼の片脇には、こぢんまりと整った花束と神戸風月堂《ふうげつどう》の紙袋が落ちている。そして白いタキシードの胸のあたりには、血の跡がついている。披露宴を終えた新郎が引き出物を配るさなかに、恋敵が現れてぶっすりやられた、といった様子だ。

「おや。また事件？」

私がつぶやくと、白タキシードが跳ね起きる。

「いえ。これは、運命なのです！」

「ドアに弾き飛ばされるのが？」

彼はどうやら、ずいぶん悲惨な運命を背負っているらしい。

けれど白タキシードは、ぶんぶんと頭を振った。

「ああ、違います。ドアに関しては僕が悪いのです。ちょうど廊下でぼんやりしていたものですから」

「ですが、その血は？」

「え？　血なんて――」

白タキシードは自身の身体を見下ろして、「うわ！　なんだこれ！」と叫んだ。

「どうしよう。これ、レンタルなんです」

肩を落としてぼやく彼に、私はにっこり微笑んでみせる。

「その血は、貴方のお怪我ではないんですね？」

「ああ、はい、違います。先ほど、血まみれの男にぶつかりまして」

「大変じゃないですか」

「ええ、そりゃあもう。その男が美しい女性を追いかけていたものだから、何事かと思いましたよ」

「そんな大事件を、どうして放っておいたんですか？」

呆れの混じった声でそう尋ねると、白タキシードは声高に叫び返す。

「だって今夜は僕の、人生をかけた大一番だもの！」

まあたしかに、まずまず破格の大一番でなければ、白いタキシードなど着ないだろう。とはいえ女性を追いかける血まみれの男なんてものは、たいていの大一番を後回しにして然るべき事件性だ。

彼の方も多少の後ろめたさがあったのか、小声でぶつぶつと続けた。

「いちおう僕だって、ホテルの人に報告しなければと思ったのですが――」

「それでどうして、廊下でぼんやりするのです？」

「いや。それは、部屋から貴女の声が聞こえたから」

うん？　と私は首を傾げる。話の流れがよくわからない。

ともかく血まみれの男とは和谷さんで、彼が追いかけていた女性とは祥子だろう。私はこの白タキシードの事情を脇にどけ、こちらの本筋のみをぐいぐいと進める。

「件《くだん》の男女は、どちらに？」

「階段を駆け上がっていきました」

「ありがとうございます」

そう言い終わる頃には、私は駆け出していた。

「待って、落とし物！」

白タキシードが叫んだが、別段落として困るようなものもない。事によっては一刻を争うため、私は返事もしなかった。

後ろに続いたノージーさんが言う。

「待ってください！　狂言殺人とは、どういう意味ですか？」

「さあ。勢いで言っただけなので」

「和谷さんは死んでいなかったのですか？」

「そうでなければ、死体が消えていた理由がないでしょう」

「ところで貴女、足が速いですね！」

「ありがとうございます。よく走っていた時代がありますから」

さっそく息が上がり始めたノージーさんを置いて、私は階段を駆け上がる。

目指したのは四階の、デラックスダブルの一室だ。祥子が上に逃げたなら、行先はあの部屋だろうと踏んでいた。四階に到達すると、階段の手すりに血の跡がついている。ビンゴですねと胸中でつぶやいて、目的の部屋に駆け寄る。

勢いよくノブをつかんだが、ドアは開かない。鍵がかかっているのだ。

後から追いついてきた浮島さんが言った。

「施錠されているのなら、別の部屋ではないかな？」

「いえ。ここで間違いないようです」

私は手のひらを彼にみせる。そこにもまた血の跡がある。ドアノブに付着していたものが、私の手についていたのだ。

加えて言うなら、ノージーさんをこの部屋に案内したとき、私はたしかに部屋の鍵を開けている。鍵は未だ私の手元——ならばこの部屋に何者かが入り、内側から施錠したと考えるのが筋だろう。

再びその鍵を使い、ドアを開け放った先の光景は、だいたいが想像した通りだ。

服を血で汚した和谷さんと、祥子が向かい合っている。和谷さんの方は祥子を窓際に追い詰めているが、なんだか腰が引けている。見れば彼の左の頬が真っ赤に腫れていた。一方、祥子は身を屈《かが》め、ぐるぐると唸《うな》り声が聞こえてきそうな顔つきで和谷さんを睨みつけている。

多少は拳で語り合った——あるいは、一方的に祥子が語った——あとなのだろう。放っておいても祥子が完勝しそうな様子ではあるけれど、ドアが開く音に合わせてふたりがこちらを向いたから、私は朗々と告げる。

「そこまでです、和谷雅人さん。貴方の悪事はすでに明らかになっています」

無論これは、嘘である。

彼の悪事なんてものは、私の頭の中に漠然《ばくぜん》とした推測があるばかりだ。けれどこんな台詞、断言しなければ恰好がつかない。

和谷さんが叫び返す。

「悪事だって！　私がいったい、なにをした？」

「私が思うに——」

と、そこまで口にしてから、しばし黙り込む。

今まさにこの瞬間、彼の悪事に関する考えをまとめていたのだ。その為の時間稼ぎを、重々しい雰囲気の演出ぶってやり過ごす。

「早く言いなさい！」

しびれを切らした和谷さんがそう叫んだから、仕方なく口を開く。

「私が思うに、貴方は徒名草文通録を引き渡すことなく、その代金だけをノージーさんからせしめようとしたのです」

間違っていれば愛想笑いでやり過ごせばよい。

そう考えていたけれど、歪み強張《こわば》る和谷さんの顔をみるに、どうやら私の言葉は当を得ていたようだ。

和谷雅人の偏愛と彼の本日の出来事

和谷雅人は本を愛している。

その思いは純愛であり、歪みに歪んだ偏愛でもある。彼自身を破滅へと誘《いざな》うほど重く苦しく、和谷は本という存在に執着している。よって彼は詐欺に手を染める決意を固めた。

和谷にはひとりの共犯者がいる。その人物こそが黒幕と言え、詐欺の手口を発案したのも彼だ。まずはその計画について説明しよう。

文通録を受け取りにやってきたノージーに、死体に扮した和谷の姿をみせつける。そこに共犯者が現れて、本は暴漢に奪われたというストーリーを語って聞かせる。

著名人のノージーは、殺人事件から距離を取りたいはずだ。共犯者が「警察への連絡は請け負う」と伝えれば乗ってくるだろうし、「立場がある君は、この場にはいなかったことにした方が良い」と説得するのも難しくないと踏んでいた。

上手く彼を追い払ってしまえば、文通録の引き渡しは有耶無耶《うやむや》になる。ノージーも、和谷の死後にまであれこれと文句をつけてくることはないだろう。彼はおそらく、この事件への関わりを明るみに出したくないはずだ。

さて、この計画で、問題となるのは「死んだふり」だ。和谷は市販の血糊《ちのり》を試してみたが、それではどうにもリアリティが出ない。質感は悪くないが、臭いが違うのだ。

なんとか本物の血を手に入れられないか――そう考えて、和谷は辻冬歩のことを思い出した。

辻冬歩。

徒名草文通録の購入に手を挙げた三人のうちのひとりである彼女は、浮世絵を専門とする美大生だ。

彼女は「浄土の桜」を欲していた。「浄土の桜」とは、見開きで文通録に掲載されている浮世絵の通名《とおりな》だ。江戸時代の後期に活躍した、春雪《しゅんせつ》という絵師の肉筆画で、墨で描かれた見事な桜には着色がない。対して背景の空と山並みは、青一色の濃淡のみで表現されている。その清逸《せいいつ》な画風から「浄土に咲く桜のようだ」と評され、現在の通名になった。

――辻であれば、本物の血を手に入れられるかもしれない。

そう和谷は考えた。

彼女は江戸時代の浮世絵に憧れ、顔料も当時のものを再現していると聞く。そして江戸時代の青——ベロ藍《あい》と呼ばれる青には、動物の血が使われる。赤い血が化学反応により鮮やかな青に変色するのは不思議なことだが、ともかく辻であれば、血を手に入れるルートを持っているかもしれない。

和谷は辻に連絡を取り、一五分間の徒名草文通録の閲覧と引き換えに、ペットボトル一本ぶんの猪の血を手に入れる約束を取りつけた。


本日の午後三時、約束通りに金星台山荘の一室に現れた辻冬歩は、左目の下に泣きボクロがある、よく痩せた女だった。

彼女は、すぐには文通録に手を出さなかった。「ついに『浄土の桜』を拝見できると思うと緊張して」と言いながら、まずは部屋に備えつけられていたケトルで湯を沸かし、インスタントコーヒーを淹《い》れた。和谷のぶんも合わせて二杯——それを彼女がテーブルに運ぼうとしたため、和谷は「お止め下さい」と断った。もし文通録にコーヒーの雫《しずく》が飛ぶと大変だ。

辻にはマスクと手袋をつけさせた。彼女は髪留めを取り出し、長い黒髪を首の後ろで束ねる。

和谷は文通録を差し出しながら、こう断った。

「泣こうが喚《わめ》こうが一五分です」

だが、間もなく喚き声を上げることになったのは、和谷の方だった。辻が緊張した面持ちで文通録を開いた直後に、がしゃんと大きな音が聞こえたのだ。和谷は思わず「うわ！」と叫ぶ。みれば先ほど辻が使ったコーヒーカップが、床に落ちて割れていた。

「ああ、すみません。置き方がよくなかったようです」

辻が文通録を手にしたまま立ち上がり、割れたカップに駆け寄った。和谷は慌てて制止する。

「待って！　どうするつもりですか」

「どうって、カップを片付けなければ」

「そんなことは私がやっておきます。文通録を汚《け が》れの元に近づけないで」

辻は席に戻りながら、ぶつぶつと小声で文句を言う。

「別に、このままカップを片付けようとしたわけではありませんよ。本はその辺りに置いて——」

「その辺りに置くなと言っているんです。歴史的な稀覯本を取り扱っているのだという自覚を持って頂きたい。そもそも、八〇〇年前に作られた紙がこの令和の世まで残っていることが特別で——」

「はいはい、わかりましたからお静かに。私には一五分しかないのです」

苦言を続ける和谷の前で、辻は平然と春雪の「浄土の桜」に目を落とす。外見は儚《はかな》げだが、根は意外に豪胆な女性なのだろうか。

「一秒だって譲りませんからね。まったく、もう」

和谷はため息をついて、時計に目を向けた。


辻冬歩が文通録の閲覧を終えたあと、和谷はその類稀《たぐいまれ》な古書を絹で包み、乾燥剤と共に桐箱にしまった。そして桐箱をさらにビニール袋に入れ、腹巻の中に隠した。このホテルの防犯性に信頼を置けず、今日は一日、文通録を持ち歩こうと決めていたのだ。

やがて、部屋に件の「共犯者」が現れた。和谷は彼と今夜の打ち合わせを済ませてから、予定通りに神主たちの会合に出かけた。

八〇〇年ぶんの歴史を腹に隠しての会合は居心地が悪かった。元町《もとまち》の中華街で出された料理を美味いと感じる余裕もなく、紹興酒も飲む気にならず、無論会話も弾まない。本音では早々に抜け出したかったが、以前世話になった宮司の還暦祝いを兼ねていたため無下《むげ》にもできない。終了予定時刻の午後八時をいくらか回ってから、ようやく中華料理屋を出た。

金星台山荘に戻ったときには、ノージーとの約束の時間――午後九時まで三〇分を切っていた。

和谷は慌てて部屋に向かう。辻冬歩に会った部屋ではない。あちらは控室として使用するつもりで、計画の本番用にもう一部屋借りていた。

二〇七号室に辿り着いた和谷は、しかしドアを開けて愕然とした。ここで共犯者と合流する予定だったのだが、彼の姿がなかったのだ。

――ともかく、はやく準備を済ませなくては。

まずはバスルームの壁に猪の血をひっかける。すると、鉄の臭いがむんと広がった。それから和谷は、浴槽の中に座り込み、頭から血糊をかぶった。こちらは通販で購入したものだが、本物の血の臭いの中では充分な死のリアリティがある。

困ったのは、血糊の容器だ。血まみれになったまま部屋を歩き回るわけにはいかない。和谷は仕方なく、透明な円柱型のそれを背中に隠した。

あとは気分を害する血の臭いの中で、姿を現さない共犯者に胸の内で小言を並べながら、ひたすら息を殺していた。


少しして、ノックの音が聞こえた。二度、三度と繰り返し。

ノージーが来たのだろう――そう考えた和谷は、軽く目を閉じる。

いつまで経っても返事がないと悟ったのか、ノージーはドアを開けて室内に入ったようだった。

「和谷さん。いらっしゃいますか?」

そう問いかけられたが、和谷はもちろん返事をしない。死体に扮した和谷の姿が間違いなく発見されるよう、バスルームのドアは開けていた。けれど彼はこちらを覗きもせずに、奥の部屋へと進んだようだった。

和谷は息を殺したまま冷や汗をかく。

――これは、私がみつかったあと、どうすれば良いのだろう？

今の今まで興奮と緊張で頭が回らなかったが、すでに計画が破綻している。

元々は程よいタイミングで共犯者が姿を現し、ノージーを丸め込む手筈《てはず》になっていた。なのに、その共犯者がいないのだからどうしようもない。本当に警察が来てしまえば、死んだふりなんて即座に見破られるだろう。

失敗した。先走った。計画を中止するべきだった。たらりたらりと背を汗が垂れる。

ノージーがこちらを発見せずに立ち去ることに期待したが、今さらだ。足音が、近づいてきた。

もう最後までやり切るしかない。和谷は目を閉じたまま息を止める。

ノージーの悲鳴は思いのほか小さい。「え？」と吐息のような声が聞こえ、直後に過剰な勢いでバスルームのドアが閉まった。そのあとはしばらく、なにも聞こえなかった。

ノージーの方もドアの向こうで動揺しているのだろう。あるいは警察に通報するか、逃げ出すべきか、悩み逡巡《しゅんじゅん》しているのかもしれない。

――通報するな。このまま逃げろ。

和谷はノージーの悪しき心に祈る。

そのとき、音が聞こえた。ノックの音だ。——来た。共犯者が訪れた。和谷はこっそりと安堵の息を吐いたが、直後にまた驚愕することになる。

「和谷様。いらっしゃいますか、和谷様」

聞こえてきたのは、可愛らしい女性の声だ。いったい、何者？　まったく心当たりがない。その声が和谷の名を呼び続ける。

「どうやら、お出かけになっているようです」女性の言葉のあとで、部屋のドアが開いたのがわかった。「ああ、いらっしゃいましたか。和谷様、お休みのところ失礼致します」

なんだか複雑なことになってきた。この声の主は、おそらくノージーを和谷だと勘違いしている。

それに乗ってノージーが答えた。

「なんです、急に」

「誠に申し訳ございません。実は生田警察署の方がいらして——」

警察。どうして？

和谷は思わず声を上げそうになり、なんとかそれを呑み込んだ。そうしているあいだに、また別の、今度は冷たい印象の女性の声が聞こえた。

「すみませんね、急にお邪魔して。ちょっと協力していただきたいんですよ。実は昨日、この部屋に宿泊した男に薬物密輸の嫌疑がかかっていましてね」

もう、わけがわからない。

和谷は現実から目を逸らし、ただ死体のふりを続けていた。


あの可愛らしい声の女性――おそらくホテルの従業員だろう――に連れられてノージーが立ち去り、部屋には女性刑事のみが残ったようだ。

やがてバスルームのドアが開かれる。刑事がほんの小さな声で、「まじか」とつぶやいた。あまり驚いた風でもないのは、仕事柄死体を見慣れているということだろうか。

和谷が違和感を覚えたのはそのあとだ。ぱしゃぱしゃとスマートフォンで写真を撮る音が聞こえたが、女性刑事はどこかに立ち去る様子も、電話をかける様子もない。

――これは、なにかおかしいぞ。

部屋の方からは、ばたばたと物をひっくり返す音が聞こえていた。あの刑事は麻薬密輸犯の痕跡を探しているとのことだったが、目の前の死体を放置して、そちらの任務のみを遂行するのは不可思議だ。

まさか。目的は、文通録？

もしかして。あの刑事、偽者か？

和谷はそこまで想像したが、確証はない。だから死体のふりを止められない。腹に隠した文通録に血の臭いがついてしまわないかと不安だった。

和谷にとってはずいぶん長い、けれど実際には一五分ほどの時間が経ち、再び女性刑事がバスルームにやってくる。独り言だろう、彼女がつぶやいた。

「探してないのは、ここだけなんだよね」

ナムアミダブツ、ナムアミダブツと繰り返すクールな声が近づく。和谷は緊張で息を止める。彼女は血などものともせずに、ぺたぺたと和谷の身体に触れる。少しくすぐったい。

「お。あった」

腹巻に入れた桐箱に気づいた彼女は、ためらいなく服の中に手を突っ込んで、それをつかみだす。――間違いない。こいつ、文通録を狙っている。

それでも和谷はまだ迷っていた。目を開くべきか、開かざるべきか。声を出すべきか、出さざるべきか。咄嗟《とっさ》に決断できなかった。

先に口を開いたのは――おそらく偽者の――刑事の方だ。

「ところでさ。服の中、生温いんだけど。あんたまだ生きてない?」

決定的だ。和谷は目を開き立ち上がる。血糊で濡れた浴槽で足を滑らせかけ、どうにか踏ん張った。と、その直後、眉間に硬いものがぶつかって今度こそ転倒する。涙が滲《にじ》んだ視界でみれば、スマートフォンが転がっている。女が投げつけたのだ。

女は声の印象通りにクールな顔をしていた。長身のショートカットで、黒いトレンチコートをきっちりと着込んでいる。両手にはめた白い手袋は血糊で汚れていた。桐箱を脇に抱えて、彼女が逃げ出す。

「待て！　文通録！」

和谷はすべる浴槽の中でどうにか立ち上がり、縁《ふち》で躓《つまず》きながらバスルームを飛び出す。運動が不足している身体でトレンチコートを追いかけた。が、部屋を出ても彼女の背中はみえない。ずいぶん足が速い。

廊下の先では、エレベーターが動いていた。ランプが四階から三階へと移り変わる。上階からこちらに下ってくるのだから、あのトレンチコートが乗っているとは思えない。なら、階段か。和谷は階段に繋がるドアを開く。

上か、下か。まず下だろう。出口に逃げない道理はない。

そちらに足を向けたとき、階上から男女ふたつの声が聞こえた。「わっ」と男の声で、「うおっと」と女の声で。後者は、あの偽刑事のものだ。

和谷は階段を駆け上がる。このとき二階のエレベーターホールから、ノージーのよく通る大声が聞こえた。「僕、ここで不審な男に会ったんです！」――けれど今さら、ノージーにかまっている余裕はない。

和谷が息を切らしながら踊り場を回ったとき、ふいに、まっ白なものが目の前に現れた。タキシードを着た、小柄な男――正面からどんとぶつかる。

「すみません」

そう謝る男を乱暴に押しのけて、和谷は階段を駆け上がった。

トレンチコートの女は、わずかな痕跡を残していた。

四階の一室のドアノブに、血の跡がついていたのだ。和谷がそのドアを開け放つと、正面から、ひゅうと冷たい風が吹く。

黒いトレンチコートの女が、開いた窓の枠に腰かけている。その枠には額縁を模した装飾が施されているため、まるで彼女が絵の中から抜け出してきたかのようにみえる。改めてみると、美しい女だ。

彼女は血糊で汚れた手袋を投げ捨てて、言った。

「話をしましょう。こっちに来て」

和谷はドアに鍵をかけ、彼女に近づく。

「貴女は、刑事ではありませんね？」

女は答えず、一方的に告げた。

「手が込んだことをしてくれるじゃない。本物はどこ？」

「本物？」

「これ、偽物でしょ」

トレンチコートの女は、片手で掲げた徒名草文通録を、ひゅんと投げる。飛来するそれを、和谷は甲高い叫び声を上げてどうにか避けた。手も身体も血糊で汚れているから、歴史的な稀覯本に触れられないのだ。

足元に落ちた文通録を見下ろして、思わずつぶやく。

「偽物？　どこが」

開いたページには、春雪の「浄土の桜」が描かれている。

「え！　まじで？」女はこれまでのミステリアスな雰囲気を崩し、甲高い声を張り上げる。

「ちょっと待って。もっかい確認させて」

「だめです。もちろん」

なんたる幸運なのだろう。まるで運命のように、文通録が舞い戻ってきた。

とはいえ和谷の方も、汚れた手では本に触れられない。

手荒な方法は好みでも得手でもないが、仕方がない。まずはこの女をシーツででも縛り上げ、文通録を持ち去られる憂慮を排除してから、落ち着いて血糊を洗い落とそう。

和谷はトレンチコートの女に近づく。

「私は、穏便にことを済ませたいのです。どうか抵抗なさらぬよう」

女は窓枠から降り立ち、放心した様子でだらりと両手を垂らしていた。さすがに観念したのだろう。

彼女に向かって手を伸ばす。その直後、和谷の視界がぐりんと回った。

気がつくと絨毯に膝をついている。頬が痛い。見上げるとトレンチコートの女は、綺麗に右手の拳を振り切っている。

殴られた？　この令和の世に、なんて野蛮な。和谷が膝をついたまま狼狽《うろた》えていると、女は異様に鋭いシャドーボクシングを見せながら言った。

「まさか幼少のころ、『あしたのジョー』に憧れた私に勝てる気でいるの？」

いや、さすがに無理がある。ジョーに憧れるだけでボクシングができるなら、昭和後期の日本はボクサーであふれかえったはずだ。

とはいえ、このトレンチコートの女がやたら強いのは確かだろう。対して和谷は、腕力はからきしだ。基本的には真人間であり、古書が絡まない範疇《はんちゅう》ではごく平穏に生きてきた。

すでに和谷の戦意は折れていたが、それでもどうにか立ち上がる。

「お。意外に根性あるね」

楽しげにそう言う女に、和谷は叫び返す。

「私の後ろには歴史的古書がある。ならば、膝を折るわけにはいかない！」

「でも売る予定の本なんでしょ？」

「それもまた本のため！」

和谷は多額の借金を背負ったが、これは夏に亡くなったある文豪の蔵書を買い集めた結果だ。ならばその借金は誇りであり、恥じることなどひとつもない――和谷は心の底からそう信じていた。

なぜなら本のコレクションというものは、散逸すると元に戻ることは二度となく、古書は扱いを知らぬ者の手に渡ると悲惨な運命を辿ると経験で知っているからだ。因《よ》って、道理を心得た何者かがそれを管理しなければならない。すべては本の為に。過去の知識を、文化を、想いを、遠い未来へと繋ぐために。

だから和谷は、本の購入よりも手放すときに頭を悩ませる。今回、金策の為に売る一冊を文通録に決めたのは、あれの価値が古書の世界では広く知られているからだ。苦渋の決断ではあったが、あの本であれば何人《なんぴと》たりとも乱暴には扱わないはずだと信じていた。

けれど、詐欺の手口を教授され、やはり諦めきれなくなった。

それは和谷が文通録に、大きな未練を残しているからだが——と、そう考えを巡らせているあいだに、女は言った。

「オーケイ。かかってきな」

言われずとも、と答えたかったが、足が震えて踏み出せない。心は本のために幾度でも殴られる覚悟が出来ているが、身体の方は先ほどの痛みで縮み上がっていた。

無理に強がり、和谷は言った。

「そちらからきてはどうです?」

本当にこられても困るが。

トレンチコートの女は、顔をしかめて頬を掻く。

「まいったな」

「どうしました?」

「私、クロスカウンターの練習しかしてないんだよね。ほら、ジョーのファンだから」

いや、ジョーだってジャブもストレートも練習している。

ともかく和谷は恐怖と純粋な腕力不足により、女は後《ご》の先《せん》に特化した特異な戦い方により、互いに睨み合ったまま動けない。
長い戦いになりそうだ――緊張した面持ちで、和谷はそう考えた。

■

部屋に小柄な女性が押し入ってきたのは、そのおよそ一〇分後だ。

ホテルの従業員らしきその女性は、日本人形のような白い肌と、前髪がぱっつり揃った艶やかな黒髪を持っている。

幼さが残る風貌の彼女は、けれど意外に鋭い瞳でこちらを睨みつけ、風鈴のような可愛らしい声で凜と告げた――


「私が思うに、貴方は徒名草文通録を引き渡すことなく、その代金だけをノージーさんからせしめようとしたのです」

間違っていれば愛想笑いでやり過ごせばよい。

そう考えていたけれど、歪み強張る和谷さんの顔をみるに、どうやら私の言葉は当を得ていたようだ。なら一息に畳みかけ、相手の戦意を削いでおこう。

「加えて、暴行罪の現行犯です。今まさにうら若き乙女を襲っているこの状況、言い逃れできませんよ」

こちらの言葉には、和谷さんが叫び返す。

「違う！　私が一方的に殴られたんです！」

「どちらがどちらを殴ろうが、婦女子を追い回した時点で罪なのです」

「だってこの人が、私の本を盗ったから！」

「文通録は、元々が盗品でしょう。それを別にしても、すでにノージーさんとの売買が成立しているはずです」

む、と和谷さんが言葉を詰まらせる。

勢いで丸め込んでしまおうと、私は語気を強めた。

「バスルームの血を調べれば、貴方が企んだ偽計の左証《さしょう》となるでしょう。加えて、SNSでの脅迫者？　あれもおそらく、偽物です。架空の犯人をでっち上げることでノージーさんを欺《あざむ》こうと考えたのではないですか？　誰が何処から脅迫文を書き込んだのか、追跡すれば面白いことがわかるはず」

和谷さんは悲傷憔悴《ひしょうしょうすい》の様子で肩を落とし、投げ捨てるように言った。

「みんな、本のせいなのです」

「ほう。どういう意味でしょう？」

「徒名草文通録――あれは、本を愛するものを狂わせる。私たちの心を、何よりも強く惹くページがわかりますか？」

「いいえ、まったく。とくに興味もありませんが」

そう言ってみても、和谷さんは取り憑《つ》かれたように語る。

「あらゆる可能性が眠るページ。万が一にでも、漱石の『草枕』の冒頭や、芥川の『鼻』の結末をも超える可能性を秘めたページ。それは、読めないページです。徒名草文通録にはそれがある。蠱惑《こわく》的な秘密がある。ぴったりと張り合わされ、決して開くことができないページ――私は、それを読みたいのだ！　なんとしても読みたいのです！　いかにこの手を汚すことになろうが、諦めきれるものでは、ない！」

私はふっとため息をつく。

「あんなもの、ただ二枚のお札を張り合わせただけですよ」

「――え？」

「なので神さまの名前と、それっぽい呪《まじな》いの文言《もんごん》が並んでいるだけです。読んで面白いものではありません」

「そんな。嘘だ。私の久遠《くおん》の謎が、こんなにもあっさりと」

和谷さんが膝から崩れ落ちる。けれど、無論嘘ではない。あのページを書いたのは私なのだから、間違いのない話だ。

上手く和谷さんの心を折れたようで、私はひと仕事終えた達成感を覚えていた。だが、気がかりが背後にある。

私がべらべらと話した推測は、まずまず当たっているのだろう。だとすれば今夜のこの出来事の登場人物に、明らかに怪しい男がいる。――いや、顔を合わせたそのときから、彼は存分に不審だったけれど。

「追い詰められていますねぇ、和谷さん」

部屋の入り口からそう声をかけたのは、浮島さんだ。

彼は脅迫を受けた和谷さんに乞われてこのホテルを訪れたというが、だとすれば辻褄《つじつま》が合わない。その脅迫自体が和谷さんの創作であれば、詐欺を働こうとしている現場にわざわざ無関係な第三者を呼ぶだろうか。

彼の声を聞いた和谷さんが、ばっと顔を上げて叫ぶ。

「助けてください！　貴方にはその義務がある。だって、すべてを計画したのは、貴方なんだから！」

私が目を向けると、浮島さんは、いかにも黒幕といった様子の笑みを浮かべる。つまりは、場違いに朗らかな笑みという意味である。

「ばれてしまっては仕方がないな」

「では、貴方はやはり――」

「ええ。大方の予想の通り、英城《あき》郡地域振興課の者です」

「いいえ。まったく予想しておりませんでした」

どうして、地域振興課？

浮島さんは余裕の笑みを崩さず、ゆったりした歩調でこちらへと歩み寄る。

浮島龍之介の野望と彼の本日の出来事

――だって、ここにはなにもないもの。

そう言って初恋の女性が去ったとき、浮島龍之介に野望が生まれた。

我が故郷・英城郡に、全国に誇れる名物を生み出そうという野望である。

英城郡は姫路市に隣接している。けれど、お隣との力の差は歴然だった。あちらには「日本の城ランキング」でトップを定位置とする姫路城がある。西の比叡山と称される書寫山《しよしやざん》圓教寺《えんぎようじ》も、奈良時代に創建されたという廣峯《ひろみね》神社もある。食の面では瀬戸内海の海の幸に加え、いつの間にかインスタント食品になりその名を轟かせた「まねきのえきそば」だとか、生姜醤油を添えただけでオリジナルだと言い張る「姫路おでん」だとかがある。対して英城郡にあるものといえば、山と田畑と空と綺麗な空気くらいのものだ。

姫路市に勝とうとは思わない。けれど、負け方にも質がある。城も神社仏閣も食も――旅行誌に掲載されるトップスリーをすべて押さえているのは、さすがにずるいのではないか？　どうにか一矢《いつし》報いたい。

よって浮島は、姫路市との一方的かつ無謀な闘争に身を投じた。彼は野望を抱き、努力を苦とせず、夢を追う悪あがきこそを美徳とする男だった。

眼光鋭く英城郡を見渡して、目をつけたのは景観だ。奇をてらうことはない。我が故郷の美点を信じ抜けば良い。他のなにがなくとも、英城郡には自然がみちみちに詰まっている。なだらかな山は雄大で美しく、空は高く、四季折々の景色は改めて眺めてみれば絵になった。英城郡の自然は美しい。問題は、誰もわざわざこの自然を改めて眺めようとはしないことだ。

——つまりこの中に、明確な特徴があれば良いのではないか?

自然の中に、なにかひとつ、胸を張って誇れる歴史的特徴。

浮島は図書館の郷土資料の棚に並ぶ書物を読み漁《あさ》り、そして希望を見出した。

その希望の名を、鹿磨桜《しかまざくら》という。


桜とは、繁栄と淘汰が繰り返されてきた花である。

たとえば現在、この国の桜の八割はソメイヨシノだといわれるが、その品種が生み出されたのは江戸時代後期のことだ。ソメイヨシノが栄える裏では、それまで広く植えられていた園芸種の桜がいくつも滅んでいる。また、桜は薪や建材としても使われ、数多の木が人の手で切り倒されてきた。

鹿磨桜はこういった事情で「滅んだ桜」のひとつとされる。かつては英城郡を含む播磨《はりま》一帯に自生していたようで、いくつかの文献にその美しさが記されているが、現存する木は一本もみつかっていない。

それはヤマザクラに似た傘状の樹形だという。一方、無数の花が同時に咲き乱れ、それが散り終えてから新緑が芽吹く特徴はソメイヨシノに一致する。花弁は六枚で小さく純白――木全体を眺めても「桜色」と呼ばれて思い浮かべる淡紅色《たんこう》ではなく、輝くほどに白いその見栄えから雲桜とも呼ばれた。

浮島は、そのまっ白な桜が英城郡の山々に並ぶ景色を想像する。自らの胸の中で咲き誇る、何万本もの鹿磨桜は美しく荘厳で、自然と涙が滲んだ。

――なんとか、この景色を現実にできないだろうか？

もしも鹿磨桜が残っていたなら。ただの一本で良い、どこかに生き残っていてくれたなら、増やし育てることも叶うだろう。

人に話せば、「そんな桜などあるわけがない」と笑われた。本当にそれが際立った桜なら、現代でも注目を集めていないわけがない。鹿磨桜はすでに滅んだか、そうでなければ他の桜と区別がつかない無個性な木だ。誰もがわかった風に、そう言った。

だが浮島は諦めなかった。

鹿磨桜こそが我が生涯の運命なのだと決めていた。

そうだ。本来、運命とは天から与えられるのではなく、自ら名づけるものなのだ。心惹かれるひとつを身勝手に運命と呼ぶことが、あらゆる困難を乗り越える力となる。

浮島は鹿磨桜への細い糸を手繰り続けた。植物学について学ぶ傍ら、桜に関する文献を数多く収集し、近隣の野山を歩いて回った。そしてあるとき、徒名草文通録という奇怪な古書の話を耳にした。

――文通録の中には、滅んだ桜が押し花になったページがあるそうです。それは小ぶりな桜の花で、白い花弁が六枚あると言います。

これを聞いた浮島は、「満開の鹿磨桜」という理想へと至る道筋を、はっきりと思い浮かべた。

徒名草文通録から、鹿磨桜の押し花を手に入れる。

押し花を調べれば、鹿磨桜がいかなる系統に属す桜かがわかるだろう。そして遺伝的に類似する桜に、押し花から採取したDNAを組み込むことで、鹿磨桜を再生させる。一度では上手くいかなくとも、鹿磨桜の特徴が色濃く現れたものを根気よく掛け合わせる。するといずれ、純白の桜が蘇《よみがえ》る。かつてこの地に咲き誇った、そして今もまだ浮島の胸中で咲いている桜が、もう一度花開く。

なにも怖れることはない。人類は、存在しないはずの青い薔薇まで生み出したのだ。かつて存在した花を取り戻せない道理などない。

浮島は万難を排し、その押し花を手に入れようと決めた。

本日、浮島が金星台山荘を訪れたのは、午後四時のことだ。

三階の一室で和谷に会い、今夜の打ち合わせを済ませた後に、時間までその部屋で過ごす予定だった。

けれど浮島は思わぬ発見により、ひどく動揺することになる。テーブルの片端に、ある髪留めが残されていたのだ。

浮島はそれを手に取り、じっとみつめる。子供っぽくデフォルメされたロケットの飾りを粗雑にボンドでひっつけた髪留めだった。

「これは?」

そう和谷に尋ねても、まともに相手にもされない。彼は腹に隠した文通録にばかり気を取られており、しきりにそこを撫でながら「さあ。私のものではありませんよ」と答えた。

けれど浮島は、たしかにこの髪留めを知っていた。

——いったい、どういうことだろう?

浮島は、ぐるぐると部屋の中を歩き回って悩む。

それをみた和谷が言った。

「なんです、落ち着きのない」

「取り乱すときは存分に。オレは、そう決めているんですよ」

「結構なことですが、ただの髪留めがどうしたっていうんですか？」

「こいつは前にオレが作って、ある女性《ひと》に贈ったものだ」

「へえ。それは奇妙な」

和谷は口先ではそう言ったが、浮島と髪留めとの再会に興味を持った様子もない。ぞんざいな様子で、部屋に備え付けの電気ケトルの方を指して続ける。

「ですが、そろそろ落ち着いて。ほら、ちょうどそこに手つかずのコーヒーがありますから、召し上がってはどうですか」

「ああ、うん。ではありがたく頂戴しよう」

浮島は勧められるままに、コーヒーをひと息に飲み干した。


和谷を送り出した直後に、ひどい眠気に襲われたことは覚えていた。それでどうやら、ベッドに倒れ込んでいたようだ。

浮島を目覚めさせたのは、力強いノックの音だった。まだ眠気が居座る頭を振りながら「はい」と返事をするが、相手はなにも答えない。

「どなたですか？」

目をこすりながらドアを開ける。

だが先にみえたのは、ただ無人の廊下だ。

なんだ？　誰かが、部屋を間違えたのだろうか。

室内に戻った浮島が、何気なく時計に目を向けると、時刻は九時を七、八分回っている。

——九時？

これはまいった。和谷と合流する予定の時刻を、もうずいぶん過ぎている。

けれど浮島は諦めなかった。

どんな窮地にだって、必ず逆転の一手は眠っているはずだ——これを信じられるか否かの一点のみが、英雄とそれ以外の違いなのだと浮島は考えている。

まずは、和谷の部屋に向かおう。足早に部屋を出ると、ちょうどエレベーターが動いていた。二階から、浮島がいる三階へ。けれどドアは開かず、そのまま四階へ。

ドアを隔てて目の前を通過したエレベーターから、わずかに声が聞こえる。

「あの。音楽は聴きますか？」

まさに今、これから会いにいこうとしていた相手、ノージーの声だ。

和谷の部屋に向かうべきか？　それとも、ノージーを追うべきか？　浮島は瞬時に結論を下した。

——迷うことはない。オレの目的は、ノージーの誘導だ。

まずは彼に会わなければどうしようもない。

四階に上ると、廊下の先にノージーがいた。彼は小柄な女性——このホテルの従業員だろう——を羽交い絞めにして叫ぶ。

「僕は犯人じゃない。本当です！」

浮島は彼が置かれた状況をよく知るために、エレベーターホールの角に身を隠した。釈明するノージーと、追及するホテルの従業員と、聞き耳を立てる浮島。この状況に新たな乱入者が現れたのは、一〇分ほど経ったころだった。

その乱入者は勢いよく浮島の背中にぶつかって、尻もちをついた。白いタキシードを着た小柄な男だ。みれば数枚の花弁が、ふらふらと宙を舞っている。白タキシードの男が右手に握る花束のものだろう。足元には神戸風月堂の紙袋。なんともめでたい様子の男だ。

「これは失礼」

浮島はそう声をかけて、白タキシードに手を差し伸べる。彼の方も「こちらこそ気が急《せ》いて」と答えて手を取った。

立ち上がった白タキシードが、紙袋を拾い上げ、廊下の先へと進もうとする。浮島は咄嗟に彼の腕をつかんだ。

「待って」

「はい？」

「この先は取り込み中みたいでね。後にしないかい？」

「取り込み中？」

白タキシードが、ひょこりと頭を突き出して廊下の向こうを覗き見る。そして直後に、駆け出そうとした。

浮島はつかんだままだった腕を引く。

「だから、待ってって言っているでしょう」

「でも、杏さんが襲われています。助けなきゃ」

つまり白タキシードは、あのホテル従業員の知り合いなのだろうか。

みればノージーは、従業員の肩をつかんで壁に押しつけていた。その様には確かに事件性を感じるが、男女の仲がややこしく拗《こじ》れたようでもある。

「痴話喧嘩じゃないのかな？　そっとしておくのが優しさだよ」

「そんなことはありません！」

「どうして言い切れるんだい？」

「だって、僕は知っているから！」

そうか。この男、会話が成立しない種類の人間か。

けれど浮島は、辛抱強く言葉を続ける。

「でもね、女性の方はこのホテルの従業員だろう？　なら、他の客が割って入るのは迷惑じゃないのかな。正義感とは尊いものだが、そいつを押し付けるのは愛じゃない」

「なら、どうしろっていうんですか？」

「誰かこのホテルの人を呼んでくればいい」

「でもそれでは弱腰では？」

「なに。紳士には、その時々に応じた振る舞いがあるものだよ」

白タキシードは「なるほど！」と納得する。身にまとった服装の通り、根がおめでたい性格なのだろう。彼はすぐさま階段を駆け下りた。

——さて。余計なことが起こらないうちに、こちらの方も話を進めよう。

浮島は軽く肩を回し、廊下の先へと踏み出した。


そしてノージーに華麗な背負い投げを決めたあと、二〇七号室を経て四階の一室に至った浮島は、ついに探し求めていた希望に巡り合う。徒名草文通録という名の希望に。

あの小柄なホテル従業員によって、こちらの目論見は暴かれたようだ。

——ならオレは、やがて警察の厄介になるのだろう。

けれど、捕まるのは今夜ではない。押し花を奪い取り、逃げおおせ、事を成し遂げなければいけない。すべてを終えたら、自首しよう。胸を張って、咲き誇る鹿磨桜の下を歩き、警察署に向かおう。そう胸の内で決意した。

先にあるのが破滅でも、悲観に浸ることはない。

なぜなら、今まさに、浮島は積年の夢を手にしようとしているのだから。

誰にともなく呼びかける。

――ほら、ごらん。そこに鹿磨桜がある。

浮島は微笑を浮かべて、文通録を目指して足を踏み出す。


浮島さんは余裕の笑みを崩さず、ゆったりした歩調でこちらへと歩み寄る。かと思えば、ふいに足を止め、その場にしゃがみ込んだ。みるとそこに、一冊の和綴じの本が落ちている。

「おやまあ、ずいぶんぞんざいな」

私がそうつぶやくと、未だ祥子と向き合う和谷さんが、立場を弁《わきま》えない声を上げた。

「このヒトが投げたんです。私は、手が汚れていて拾えなくて」

「別に、多少汚れてもかまいませんよ。元々が小汚い本ですから」

「どこが！　歴史を感じる素晴らしい装丁ではないですか！」

いや。本当に、丁重に扱うようなものではない。

浮島さんが拾い上げたその本の表紙は、茶をこぼしたとか端が折れたとか、つまらない事情で軽々と取り換えられてきた。現在の表紙はほんの六〇年ほど前に、たまたま手元にあった菓子屋の包み紙の小紫《こむらさき》色が気に入って、勢いで替えたものだ。深長な歴史などありはしない。――と、改めて確認して、ふと違和感を覚えた。

「もしかしてその本、偽物では？」

まず題字が不自然だ。よく似せてはいるけれど、なんだか線が若々しく、別人が書いたものに思われる。加えて表紙の紫も、やや美し過ぎるような気がした。古風ぶっているだけで、わりと最近作られた紙ではないだろうか。

「そんな馬鹿な！」と和谷さんが叫び、「ほら、やっぱり！」と祥子が叫ぶ。とはいえ私が知らないところで、表紙が付け替えられた可能性もなくはない。あの本は、外見だけでは真贋《しんがん》を区別できない。

本を拾い上げた浮島さんが、ぺらりぺらりとページをめくった。それから、あるところで手を止めて、くっくと笑いながら肩を揺らす。

浮島さんがこちらに向けたページには、浮世絵風のタッチの桜が描かれている。なかなか上手いが、やはり若い。色も線も枯れていない。浮島さんが言った。

「中身があるのは、ここだけだよ。あとは白紙だ」

いったい誰が、どんな狙いでそんなものを。

今回の詐欺事件の犯人であるふたりが、同時に叫び声を上げた。

「辻か！」

辻冬歩。文通録購入に手を挙げた中のひとりだと聞く。

あの桜を描いたのが辻さんなら、なかなかの画才があるようだ。

辻冬歩の青と彼女の本日の出来事

——神にだって悪魔にだって誓うけれど、私はこの本が欲しいわけじゃない。

辻冬歩は徒名草文通録を見下ろして、ため息をついた。

冬歩はたしかにその本を盗んだが、用が済めば返却する予定だったのだ。

冬歩はただ、青が欲しかった。

雄大な青。潔《いさぎよ》い青。他のなんでもない青。理想の青を探していた。新雪を歩くように、無垢に。

——ほら。綺麗な青でしょう?

九歳のころに母からみせられた画集には、和風の絵が載っていた。

それはウキヨエである、と当時の冬歩も知っていた。母が日本の古いものを好み、その影響だった。けれどウキヨエという音の並びを知っていただけで、そこにどんな字を当てるのか、どんな由来を持つ言葉なのかは知らなかった。

このとき、冬歩がみたのが、春雪の絵だ。なんでもない田舎の風景画だったけれど、でも冬歩が知るどれよりも綺麗な青が使われていて、目を奪われた。

それは、一目惚れだった。

春雪の青は、際立った色ではない。強い主張はなく、絵全体をひっそりと支えている。けれど、みればみるほどに印象が深くなる青だ。その青で空を描いたなら、きっとなにより優しいだろう。その青で海を描いたなら、きっとなにより静かだろう。

——ああ。大好き。

胸の中で冬歩は、春雪の青に告白した。

いや。もしかしたら実際に、口に出したかもしれない。

あの日から冬歩は、春雪の青を探し続けた。なんだかすぐに見つかるような気がしたから、はじめはのんびりと。けれど、それが身近にはないとわかると、だんだん熱中して。

あれから、一〇年。

冬歩は今もまだ青を探している。

しばしば畑を、猪が荒らす。それを猟師が罠で獲る。
獲った猪を食おうとしても、なかなか肉にできるものではない。そこで近隣の猪は、ある動物病院に持ち込まれる。そこの獣医は猪を解体し、いくらかの肉を分け前にもらう。

けれど血はただ捨てられる。

冬歩は美大に通う苦学生という身分を武器に、獣医から猪の血をもらう。あちらにしても使い道がないものだから、都合が合えばほいほいくれる。けれど毎度のように、「扱いには気をつけてね」と念を押される。

冬歩は猪の血を、理想の青を作るために使っていた。今回はそれを和谷に譲ることで、徒名草文通録を手にする機会を得た。

金星台山荘の一室で、冬歩はまず二杯のコーヒーを淹れ、そのうちの一杯に睡眠導入剤を混入した。不眠症の父が医者から処方されているものをくすねてきたのだ。和谷を眠らせれば、その隙に文通録を拝借できるかもと考えたのだが、彼はコーヒーに見向きもしなかった。

――まあ、多少の薬を飲んだところで、こてんと眠るとも思えないな。

そう考えていたから、とくに残念でもない。用意した作戦はもうひとつ、本命の方が残っている。

冬歩はコーヒーの一方を、こっそりと持ち込んだコースターに置いてから席に着いた。このコースターは陶器製で、斜めになるよう底を削り、そこを氷で埋めていた。氷が融ければ傾いて、カップがすべり落ちる計算だ。

実験を繰り返した自信作のコースターの働きは、本番では少し想定と違った。コースターはドライアイスと共に持ち歩いていたのだが、取り出した時点で中途半端に氷が溶けていたのだ。

不安定なコースターに、冬歩は無理やりカップを載せた。カップは実験よりも早く床にすべり落ちたが、ともかく目的――和谷の視線の誘導には成功した。そのわずかな時間で、冬歩は本物の文通録と偽物とをすり替えた。

偽本の作成には、ずいぶん手間がかかっている。

だいたい、春雪の絵の再現など、できるはずのない難題なのだ。冬歩は半ば諦めて、「騙す相手は素人だから」と舐めてかかることにした。それでも描いてみれば拘《こだわ》りも生まれ、本に綴じてからも何度も何度も確認したものだから、そのページばかりが開きやすい癖がついた。

和谷から与えられた一五分間は、自分が描いた絵を睨んで過ごした。ばれやしないかと冷や冷やした。

■

首尾よく文通録を盗み出した冬歩は、急いで京都に向かった。通っている美大で、「浄土の桜」を――そこに使われた春雪の青を解析する手はずになっていたのだ。

その解析に二時間、金星台山荘と大学を往復するのに三時間三〇分――合計で五時間三〇分。午後九時になるころ、冬歩はまた犯行現場に戻った。

絵具の解析さえ終われば、文通録に用はない。本を和谷の部屋の前に置き、ノックのあとにピンポンダッシュの要領で逃亡する。そのまま勢いよく京都まで逃げ帰るつもりだった。

事はすべて計画通りに進んでいる——そう思われた、のだが。

ノックの後に逃げ出しても、ドアが開く気配がない。仕方なくまた部屋の前に戻り、やや強めにノックする。二度目もドアは開かない。

三度目も、四度目も——叩く。逃げる。戻る。叩く。逃げる。戻る。だんだんと面倒になり、冬歩は足を止めて力強いノックを繰り返す。

と、ふいに返事が聞こえた。

「はい」男性の声だが、和谷ではない。「どなたですか?」

誰だ? 知らない声。冬歩は咄嗟に、文通録が入った紙袋を摑んで逃げ出した。

走って、走って、階段に身を潜める。謎の声が追ってくる気配はない。冬歩は握ったままの紙袋を見下ろして、ため息をついた。

——けっきょくこれ、どうすればいいの?

神にだって悪魔にだって誓うけれど、文通録が欲しいわけじゃない。ただ春雪の青を再現する手がかりを求めていただけで、むしろこんな高価なもの、手元にあるのは不安で仕方がない。

——落とし物ですとでも言って、フロントに預けて帰りましょうか。

そう考えながら階段を下りた。

そして、白いタキシードを着た小柄な男にぶつかった。

ふたりの口から同時に漏れた「きゃっ！」という声が綺麗にユニゾンし、なんだかちょっと笑ってしまった。


「ね。やっぱり偽物だった！」

祥子がそう叫び、自慢げに胸を張っている。

けれど私は、少し困る。

「文通録が手に入らないとなると、今夜はいったい何に乾杯すれば良いでしょうね？」

本の入手は先でも良いが、ディナーには少し奮発したイタリアンを予約している。高級というほどでもないものの、普段であれば手を出さない価格のシャンパンも開けるつもりだ。私は残念会の名目でも良いけれど、祥子は「乾杯はポジティブに」を基本姿勢としている。

彼女がざっと部屋を見渡し、小首を傾げる。

「で？　和谷さんはまあわかるとして、他はなんなの？」

そういえば、祥子とは情報の共有がまだだった。けれど長々と説明するのも面倒で、彼女の理解力を信じてざっくりまとめる。

「和谷さんは文通録を使った詐欺を目論み、死んだふりをしていました。それを企てた黒幕が、どうやらこの浮島さんのようです」

「なるほどねぇ」

「そして詐欺事件の被害者が、あちらにいるノージーさん」

「ノージー？」

祥子は部屋の入り口に目を向ける。そこには、上がった息で手持ち無沙汰に立ち尽くす長身の男――ノージーさんがいる。

「うわ、まじでノージー？　ノージー・ピースウッド？」

「知ってるんですか？」

「うん。けっこうファンだもん。握手してくれないかな」

「頼めば応じてくれそうですよ」

正直なところ疑っていたのだけど、ノージーさんの「二〇代から三〇代の女性には圧倒的な知名度を誇る」という話は事実なのかもしれない。私もあとでサインでも強請《ねだ》ってみようか。

「良いこと思いついた」

祥子が不敵な笑みを浮かべる。

そして本当に、この場の敵を不在とする言葉を高々と宣言した。

「みんな文通録が欲しいけど、辻って人にしてやられたわけでしょう？　じゃあ、全員で手を組んで、その辻さんから本を奪い返しましょう」

本気ですかと私が尋ね、もちろん本気よと祥子は答える。思えば彼女は、以前からしばしば『オーシャンズ11』みたいなの憧れるんだよね」と口にしていた。

祥子が望むなら、私の方に異存はないが、問題はあちらの三人である。彼らを代表して浮島さんが口を開く。

「オレはまったくかまわないよ。大歓迎だ」

いや、前言を撤回したい。あちらのメンバーで、浮島さんを代表者に定めるべきではないだろう。祥子と波長が合いすぎる感じがする。

未だ呆然としているふたり——ノージーさんと和谷さんに私が憐憫《れんびん》の眼差しを向けているあいだにも、祥子と浮島さんはがっちりと握手を交わす。

「よろしくね」

「こちらこそ。ところでひとつ、聞きたいんだが——」

「うん。なに?」

「君はいったい、何者なんだ?」

「ただの泥棒。ときどきカレー屋」

「なるほど。盗みを働くのに、泥棒がいるのは心強い」

ノージーさんと和谷さんを置いて、傑物気質のふたりがぐいぐい話を進めていく。

私は、たった今交わされた握手を理由に、この後の食事でポジティブな乾杯ができるならそれでも良いかと考えていた。けれどイタリアンの予約は二名だ。もしも祥子が「一緒に決起集会でも」などと言い出したなら少し困る。

その祥子が、部屋の入り口——ノージーさんの隣を指さした。

「ところでひとり、紹介から漏れたみたいだけど?」

彼女の指の先にいるのは、謎の白タキシードである。私にとっても謎なので、紹介のしようもない。そもそも彼がついてきていることにも今の今まで気づかなかった。

バトンを渡されたとでも思ったのか、白タキシードが甲高い声を上げる。

「あの。もうお話は終わりましたか?」

どうやら様子を窺い、順番待ちをしていたらしい。なかなか良い白タキシードである。

だいたい終わったよと祥子が答えると、彼は強張った笑みを浮かべ、こちらに歩み寄った。その姿には奇妙な緊張感があり、誰も口を開けない。

白タキシードは私の目の前で足を止め、大きな深呼吸を挟んでから、手にしていた神戸風月堂の紙袋を差し出す。

「あの。これ、落とし物です」

彼は、落とし物を渡すためにここまでついてきたのだろうか。だとすれば生粋《きっすい》の善人なのだろうが、どうにもなにかがずれている。

「私のものではないようですが?」

「いえ。あの、ホテルの誰かの」

「ああ」そういえば私は、ホテル従業員の真似をしていた。「これは失礼致しました。お礼申し上げます」

私が風月堂の紙袋を受け取ると、彼は安心したように微笑んだ。

「ほっとしました。中身はどうやら古い本のようで、値打ちのあるものだといけませんから」

彼の発言が持つ凶悪な意味を、おそらくこの白タキシードだけが知らない。

周囲の空気がぴんと張り詰めるのにもかまわず、そもそもきっと気づいてさえおらず、白タキシードは続いて小ぶりな花束を差し出す。

彼は、これまでの倍ほども声を張り上げて言った。

「ところで本日は、愛を伝えるために参りました。好きです、古川《ふるかわ》さん。僕の恋人になってください！」

なかなか清々《すがすが》しい告白っぷりではあるけれど、古川？

いったい彼は、誰に愛を伝えているのだろう。

小東武彦《こづかたけひこ》の恋と彼の本日の出来事

クリスマスまで、あと半月。

白いタキシードを着た男――小東武彦は今宵、恋の成就を目指して駆け回った。

それは生半可な道ではなかった。様々な人にぶつかり、それからドアにもぶつかった。

自転車を漕ぎ、自らの足で走り、階段を繰り返し上っては下った。けれど、その苦労は結実した。

小束はついに人生の大舞台に立ち、愛しい彼女に思いを打ち明けたのだ。

ここに至るまでの汗と涙の物語が、小束の胸を駆け巡る。


まず思い出すのは、愛用の、電動自転車での疾走だ。

きっかけは三ノ宮駅で、愛しい彼女がタクシーに乗り込むのを目撃したことだった。それは想定外の出来事だったが、今宵の告白の為に万全に準備を進めていた小束は、猛然とその後を追った。タクシーに引き離されても諦めず、山道にもめげずにペダルを漕いだ。

そうして辿り着いたこのホテル。彼女を捜してさ迷い歩くあいだにも、いくつもの出来事があった。というか、いろんな人にぶつかった。

まずは、二階のエレベーターホールだ。ニット帽にマスクという出で立ちの、痩せた男にぶつかった。

不審な奴め——そう思いを込めて彼をみつめると、あちらの方もまったく同種の目でこちらをみている。そのとき小束は、「他山の石」という言葉を思い出した。小束の方も仕事着のままで、とても告白に向いた服装ではなかったのだ。

これはまずい！　小束は慌てて、一階へと引き返した。金星台山荘では結婚式の披露宴も行われるから、衣装の貸し出しサービスがある。そのポスターに写った新郎新婦の姿に感銘を受けて、咄嗟に「同じものを」と注文した。

こうして小束は、まっ白なタキシードに身を包むことになった。


二人目は、色白で泣きボクロがある女性だ。そのとき小束は、金星台山荘のエレベーターの遅さに痺れを切らして、階段を駆け上がっていた。

その女性は「落とし物です」と言って、神戸風月堂の紙袋を押しつけた。思えばここのレストランの従業員も、白いタキシードに身を包んでいる。おそらく小束の服をみて、その仲間だと勘違いしたのだろう。

小束は誤解をとこうとしたが、泣きボクロの女性は、脱兎のような勢いで階段を駆け下りて行く。声をかける隙もない。

――まあ、この袋はあとでフロントにでも届ければ良いだろう。

このときの小束は、そう考えていた。


三番目にぶつかったのは、濃紺色のスーツを着た大男だ。場所は四階のエレベーターホールであり、すぐ先の廊下では、驚愕の事件が起こっていた。

なんと愛しい彼女が、ニット帽を被った不審な男の手によって、可憐な身体を壁に押し付けられていたのだ。付け加えるなら、彼女はホテルの従業員の制服を着ていて、それも小束を驚かせた。

小束はもちろん、彼女を窮地から助け出すつもりだった。けれど濃紺スーツの大男に「紳士には、その時々に応じた振る舞いがあるものだよ」と諭《さと》されて考えを変えた。紳士、紳士――素晴らしい言葉ではないか！ 愛しい彼女と添い遂げる男は、無論、紳士でなくてはならない。

よって、ホテルの従業員に助けを求めることにした小束だが、この決断がさらなる問題を生むことになる。一階ロビーのカウンターに立っていたのは、なんとも心優しげなふたりの女性だったのだ。

――いかに業務とはいえ、暴漢の相手を女性に押しつけて良いものか。それが紳士のすることか？

迷っている余裕はない。今まさに、このホテルの四階で、愛する彼女が危機的状況に陥っている。今すぐ決断しなければならない。

――ああ。僕がこのホテルの従業員ならよかった。すぐにでもあの暴漢と戦うのに。いっそ、今からここに勤めてしまおうか。

そう考えて、ふと思い出す。つい先ほど、あの泣きボクロの女性に、ホテルの従業員と間違われたばかりではないか。

——つまり。僕が。この僕が、従業員のふりをすれば良いんだ！

純白のタキシードで「お客様」と声をかけたなら、それは立派なホテルマンだ。華麗に彼女を助け出し、危機が去ったのちに正体を明かしてみせる。なんて、劇的！　なんて、大団円！　紳士的である上に、ヒーロー的でさえある。

小束は薔薇色の未来予想図で胸を膨《ふく》らませ、再び階段を駆け上がる。

けれど四階に舞い戻った小束が目撃したのは、意外な光景だった。

目の前で愛しい彼女がエレベーターに乗り込み、声をかける暇もなくドアが閉まったのだ。

いったい、どういうことだろう？

すでに、問題は解決した？

だとすればもちろん、喜ばしいことだ。けれど、小束の燃える心の行き場がない。本当は手あたり次第に彼女を助けたかった。一ダースの暴漢が順に現れるのを望んでいた。だが戦うべき敵がいないなら、せめて今すぐ告白したい。

彼女を乗せたエレベーターを追って、小束はまた階段を駆け下りる。

その直後、目の前に美女が現れた。

黒いトレンチコートを着た、ショートカットの女性が、手すりを支えにして華麗に踊り場をターンする。その先にいたのが、小束だった。

また、ぶつかる。四人目だ——そう思ったが、今回は未遂で済んだ。

小束が「わっ」と悲鳴を漏らすのと同時に、美女が「うおっと」と掛け声を上げ、こちらに両手を伸ばした。その手が小束の肩に触れると同時に、彼女は前方宙返りの要領で飛び上がり、音もなく背後に着地していた。

「ごめんね。ちょっと逃亡中なの」

そう囁いた彼女が浮かべた笑みは、あまりに鮮やかで、もし思い人がいなければ恋に落ちていたかもしれない。

——なんだろう？　今の女性は。なんだか天使みたいだったな。

小束がふわふわとした気持ちで階段を下りていると、今度こそ四人目にぶつかった。相手は全身が血で汚れた、中年の男性である。

正に天国から地獄。普段であれば、血まみれの男なんてものにぶつかったなら悲鳴を上げていただろう。けれど先ほどのトレンチコートの女性と合わせて感情が相殺《そうさい》され、ちょうどゼロで釣り合った。

小束は妙に冷静に「すみません」と謝ったが、男の方は何も言わない。無言で小束を押しのけ、ばたばたと階段を駆け上がっていく。

——ああ、そうか。先ほどの美女は、この男から逃げていたのか。

いったい、何事だろう？　大事件のはずだが、どうにも危機感を覚えない。

なぜならあの美女が、まったく捕まりそうになかったからだ。

今夜、最後に小束にぶつかったのは、二〇七号室の硬いドアだった。

そのとき小束は、愛しい彼女の声が聞こえ、ドアの前に棒立ちになっていた。

――いよいよだ。もう、すれ違う余地はない。僕がこのドアの前から動かなければ、必ず彼女が現れる。

そう考えると、小束は震えた。告白の恐怖がむくむくと膨れ上がったのだ。

いったい、どう声をかければ良いだろう？　できるだけ自然に。できるだけ、こちらの緊張を悟られないように。――そう考えて小束は、手の中の紙袋を思い出した。

そうだ。押し付けられた落とし物。

愛しい彼女がこのホテルの従業員なら、これをきっかけにすれば良い。「落とし物ですよ」なんて、いかにも恋が始まりそうなフレーズじゃないか。

なんだか若干、この定番フレーズの王道とはシチュエーションが違うような気がするけれど、なんにせよスムーズに会話を始められる。

よし、これだ――小さなガッツポーズをした直後、ふいにドアが開く。そして小束は軽やかに弾き飛ばされ、尻もちをついた。

見上げると、ドアの向こうから、愛しい彼女がひょっこり顔を出す。

「おや。また事件？」

美しい瞳でこちらを見つめて、彼女がそうつぶやく。それで、小束の頭がまっ白になる。

思わず叫んでいた。

「いえ。これは、運命なのです！」

今宵の長い迷走の果てに、ようやく彼女の前に到達した。

だからきっと、この恋は叶う。小束はそう信じていた。


告白のとき、小束は情けなく震えていた。

さんざん覚悟を決めたつもりだったのに、胸はどきどきと高鳴り、涙が滲んで逃げ出したいような気持ちになった。

小束は一度、大きな深呼吸をして、まずは事前に計画した通り「落とし物」を差し出した。そのあとで、ふと気づく。

――そういえば僕は、彼女の名字を知らない。

下の名前は知っている。杏。彼女に出会ったカレー屋で、そう呼ばれているのを何度も聞いた。

けれど交際を始める前から、「杏」なんて気安く呼びかけて良いだろうか。軽薄な男だと思われやしないだろうか。――だがこの問題は、軽やかに回避できた。愛しい彼女の胸に、ネームプレートがついているのに気がついたのだ。

胸を張って大声で、小東武彦は遂に告白した。

「好きです、古川さん。僕の恋人になってください！」

なかなか清々しい告白っぷりではあるけれど、古川？

いったい彼は、誰に愛を伝えているのだろう。——そう考えて、思い出す。

私の胸には、祥子が作った偽名のネームプレートがついている。そこに刻まれた名字こそ、この白タキシードが言った「古川」である。

私はネームプレートを取り外し、ポケットにしまいながら答える。

「実はこちらは、私の名前ではないのです」

「ええ！　どうして」

「諸々《もろもろ》の事情がありまして」

驚愕に目を見開いた白タキシードの表情が、みるみるうちに曇っていく。

「あの。名前を間違えるような男には、告白する資格がありませんか？」

「いいえ。別に。だいたい告白に、必要な資格などないでしょう」

「よかった。では、改めて告白いたします。杏さん、僕の恋人になってください」

おや。そちらの名前は知っているのか。

では、初対面というわけではないのかもしれない。けれど残念ながら、私には彼に関する記憶がまったくない。まあ何を覚えていたところで、返事は変わらないけれど。

私は手慣れた微笑を浮かべる。

「好意を寄せていただき、誠にありがとうございます」

「いえ。こちらこそ、出会っていただきありがとうございます」

「ですが、申し訳ありません。お断り致します」

白タキシードの表情は、見事な乱高下を繰り返す。その最底辺、すでに地面に墜落済みといった顔つきで、彼は言った。

「いったい僕の、どこがいけないのでしょう？」

「貴方の問題ではありませんよ。私の方の都合です。恋だとか愛だとか、そういうのはもう、充分です」

本当に。

私はすでに満ち足りており、現状の日々以上に望むことなどない。強いて言うなら、この後のイタリアンの予約に遅刻したくない。それから、もしも吉田さんが心変わりして、骨頂カレーのレシピを教えてくれたなら殊更《ことさら》嬉しい。私の願望は、だいたいこれで全部である。

私と彼とが、しばし無言で見つめ合う。やがてあちらが口を開いた。

「あの。どうにもならないものなのでしょうか？」

「なにがですか？」

「僕の恋心」

「私が決めて良いのですか？」

「はい。ひとまず」

「では、どうにもなりません。早々に手放しなさい」

「ああ――やっぱり嫌です。僕の気持ちは、僕が決めたい」

「はい。それが良いでしょう」

白タキシードがふっと息を吐き、それから寂しげに笑う。絵にも残したくないような、なかなか良い顔だなと私は思う。

長い沈黙の後に、口を開いたのは浮島さんだった。

「話は終わったかい？」

その言葉に、白タキシードが絶叫で答える。

「僕の恋は、終わらない！」

そして彼は、涙を流して走り去った。強く手を振るものだから、握った花束がいくらか散っている。ぱちぱちと祥子が拍手するのが聞こえた。

さて。と私は、胸の中で嘆息する。寄り道としてはなかなか素敵な一幕ではあったけれど、しかし寄り道は寄り道だ。本筋は私の手の中にある。

あの白タキシードから受け取った、神戸風月堂の紙袋。中は確かに徒名草文通録だ。この一冊がどんな運命を辿ったのか、私には知る由《よし》もないが、ともかくこれは祥子と浮島さんの握手を吹き飛ばす爆弾である。

浮島さんが、鋭い踏み込みでこちらに近づいた。私は紙袋ごと文通録を祥子に放り投げながら、浮島さんがこちらへと伸ばす手を掻い潜る。彼の腹に手を添えて、ぐっと押し上げると、巨体が宙を舞ってクイーンベッドに沈んだ。

この短いやり取りのさなかに、和谷さんもまた動いていた。文通録を受け取った祥子へと飛び掛かり、そして苛烈なカウンターを受けて仰向けに倒れる。

神戸風月堂の紙袋をつかんだまま、祥子が音もなく床を蹴る。彼女の身体がふわりと浮き上がり、開いた窓の枠を蹴ったかと思うと、そのまま夜空へと飛び出した。

和谷さんの悲鳴が聞こえたが、当の祥子は得意げに微笑んでいる。青白い月明かりに照らされて、窓の向こうの夜景に浮かんで。

無論、祥子は宙に浮かべない。正しくは、彼女は片手でワイヤーをつかんでいた。ホテルの中庭には巨大なクリスマスツリーがあるが、これを固定するためのワイヤーが四方に伸びており、そのうちの一本がすぐそこの壁に繋がっていたのだ。

祥子が熱心にこの部屋の窓から夜景を眺めていたときから怪しいなと踏んでいたし、上階に逃げたと聞いた時点で凡《およ》そ確信したが、彼女はこのワイヤーを逃走経路に組み込もうと考えていたのだろう。窓から飛び出したり宙に浮かんだりといった、いかにも怪盗じみたやり口が好きな女性《ひと》なのだ。

ともかくこれで、もう誰も祥子に手を出せない。ここは四階で、地面まで一五メートルは離れている。彼女を捕まえたいなら、慌てて階段を駆け下りる他にない。

祥子がワイヤーを辿りツリーを下りるより先に、中庭に辿り着けるだろうか？　おそらくこれから、そんなレースが始まるはずだ。

――粗方、形勢は決まりましたね。

胸の内でそう考えたとき、不意の出来事があった。

ノージーさんが窓辺に駆け寄り、身を乗り出し――そしてそのまま、窓枠に足をかけて跳んだのだ。

思わず、私の口から「え」と小さな音が漏れた。

まったく唐突で、無謀な命懸け。

彼の跳躍はあまりに短く、祥子にもワイヤーにも届かない。

ノージー・ピースウッドの事情

なぜ、窓から跳んだのか。なぜ、命を懸けたのか。

どれだけ言葉を尽くして説明しても、誰にも理解されないだろう。

けれど事実、ノージーは跳んだ。覚悟で、諦めで、あるいはその両方で、彼は身を投げ出した。

徒名草文通録には、「雪花夢見節」と題された、三味線のための独奏曲が載っている。そして、一〇〇年も前に生まれたその曲は、ノージーの「タートルバット」に酷似していると言われる。

――「タートルバット」は、盗作なのか？

これが、大きな問題だ。

ノージーにとっては、命懸けの大問題だった。

まだノージー・ピースウッドになる前――野寺和樹だったころから、彼のすべては音楽だった。さらに言うなら、「タートルバット」というただ一曲が彼のすべてだった。

その音は、物心ついたときにはもう、野寺の胸で鳴っていた。髪の毛だとかへその穴だとかと同じように、そこにあるのが自然で、とくに価値がある音だとも思っていなかった。

彼が自分の音の価値に気づいたのは、七歳の頃だ。教育熱心な母親が、どこからか「東大生にはピアノを習っていた子が多い」という都市伝説じみた話を聞いてきて、それで彼にピアノを習わせ始めたのだ。

事は、母の期待通りには進まなかった。ピアノ教室は野寺少年の学力向上には寄与しなかったし、間もなく彼は音楽にのめり込み、買い与えられた中古の電子ピアノの前から動かなくなった。そしてふとした気まぐれで、胸で鳴り続ける音を鍵盤で再現してみたとき、彼の運命が決まった。

はじめて現実の音となり空気を震わせた「タートルバット」は——正しくはその原型となるメロディは、初めからほとんど完成されていた。ごくシンプルな一六小節の繰り返し。けれどその音は、当時流行っていたポップミュージックよりも、テレビでみた有名な楽団の演奏よりも、母に抱き着いて眠るときに聞く鼓動よりも美しかった。

——僕は、これを演奏するために生まれてきたのかもしれない。

七歳の野寺和樹は、そんな風に考えた。

彼は中学生になってすぐにギターを買い、三年間ひとり黙々と練習を続け、高校ではバンドを組んだ。

その頃にはすでに、彼の音楽的な才能が花開いていた。変わらず続けていたピアノではずいぶん複雑な曲を弾きこなしていたし、大きな発表会でも最後に演奏するのが常だった。ギターの腕はまだそこそこといったところだったけれど、歌でも適性を発揮して三オクターブの伸びやかな声を出せた。

彼の音楽活動に、なんの波乱もなかったわけではない。大学生のころに組んだバンドではインディーズの舞台に立っており、このときすでにメジャーデビューの話をもらっていた。けれどそのバンドは――野寺にとっては――ひどくつまらない理由で喧嘩別れし、けっきょく彼ひとりがレコード会社に拾われた。

二三歳の秋、野寺和樹はノージー・ピースウッドになり、「タートルバット」でデビューした。人々の絶賛を引き連れた、鮮烈なデビューだった。

その曲のスコアには、「No.21」と書かれていた。これまで推敲《すいこう》を重ねて作り込んできた「タートルバット」の、二一番目のバージョン。それが最終バージョンとして、世に公開された。

当時、音楽雑誌のインタビューに、彼はこう答えている。

――僕には小さな頃から、「タートルバット」が聞こえていたんです。不思議なことですが、まるで前世で繰り返し聞いたように、はっきりとこの音が鳴り続けていたんです。

この頃までノージーにとって、「タートルバット」は祝福だった。

けれど間もなくそれは、呪いへと反転する。

ノージー・ピースウッドの人気は瞬く間に燃え上がったが、鎮火までにもあまり時間はかからなかった。その理由が、彼自身にもよくわかっていた。

つまり「タートルバット」に続く曲を生み出せなかったのだ。デビュー作を超えることも、肩を並べることも、その背中に縋《すが》りつくことさえもできない。まるであの一曲が、ノージーのすべてを吸い取ってしまったように、あとにはなにも残らなかった。

――二三歳で、僕は終わってしまったのだろうか。

ふとしたときに胸に浮かぶその考えを、ノージーは否定したかった。だからそれからの四年ほどは虚勢を張って暮らした。

なんにもないのに無理やりに作った曲は、どれも売れなかった。もがいて、ジャンルを次々に変えて、歌詞には過激な言葉を使って。けれどそんなことを繰り返しても、なにも生み出している気がしなかった。

勝てない。勝てない。「タートルバット」に勝てない。あの一曲に比べれば、他のすべてが無価値だ。歌と演奏が苦痛だった。

――でも、なにかきっかけがあれば、世界が変わる。

そう信じたくて、ノージーは見栄を張り続けた。良い服を着て、良い車に乗り、良い部屋に住んだ。高い酒を飲み、金のかかる恋に没頭した。すべての経験が音楽の糧になるはずだった。けれど、どうにもならなかった。

気がつけば稼いだ金は底をつき、レコード会社にも見放され、たまのライブも客席を埋めるのはかつてのファンばかりになっていた。

彼らが求めるものは、もちろん「タートルバット」だ。けれどノージーは、意地になってそれを演奏しなかった。だからさらに客が離れた。この頃のノージーは「タートルバット」への鬱屈した思いを、酒で忘れるのに必死だった。

二七歳のある夜、彼は泥酔して、階段を踏み外した。雑居ビルの二階に入っていたバーを出てすぐのことだった。

外階段を転がり落ち、アスファルトで強《したた》かに頭を打った。

涙が滲んだ目で夜空を見上げた。ぶ厚い雲が東京のビル群の明かりで照らされているだけの、つまらない夜空だった。ノージーは、なんだか無性に情けなくて、「僕は天才ではないんだ」と認めた。

それからアスファルトに倒れたまま、小さな声で歌を唄った。久しぶりに、「タートルバット」を。

ああ。やっぱり良い曲だ。――七歳から、二三歳まで。中古の電子ピアノの鍵盤から始まって、夢に見たデビューまで。一六年間のこの曲との時間を思い出して、ノージーは感動した。

――いや、違う。

本当は思い出なんて関係なく、純粋に、「タートルバット」という曲に感動していた。

僕は、二三歳で終わっていたんだ。

僕のゴールは、「タートルバット」だったんだ。

敗北を認めてしまうと、不思議と生き返ったような気がした。ありふれた音を鳴らすことが、薄っぺらな歌を唄うことが、これまでのように苦痛ではなくなっていた。

——僕はこの程度だよ。でも、それでも音楽っていうのは良いものだ。

ありきたりな曲でいいんだ。

なんでもない音を鳴らせればいいんだ。

後世まで名を刻むような奴じゃなくても。濡れ手に粟で巨万の富をつかむような奴じゃなくても。

舞台に立てば、とりあえず観客は盛り上がる。彼らと僕とが、ほんのひと時、嫌なことを忘れられる。そして「タートルバット」のイントロを鳴らすと、やっぱり大きな歓声が上がる。

だから今のノージーの誇りは、胸を張ってこう宣言することだ。

——僕は「タートルバット」のノージー・ピースウッドです。

ほかの何者でもありません。

でも、だからといって、ほかの曲をひとつも演奏できないわけでもありません。

こんな曲もあるんだな、くらいの気持ちで、楽に聴いてください。僕も楽にやります。

そしていちばん良いときに「タートルバット」を唄うから、そのときは思い切り、盛り上がってもらえると嬉しいです。

二年前、「タートルバット」が盗作ではないかとの噂を聞いたとき、ノージーはその話を歯牙にもかけていなかった。あの曲の成り立ちは、ノージーの成り立ちに等しいのだ。ただの一音さえ盗んでいないのだと、胸を張って断言できる。

けれど、噂の詳細を聞いて——「雪花夢見節」という三味線の独奏のための曲に酷似しているのだと知って、ふいに不安が膨れ上がった。

——「タートルバット」は幼い頃から、僕の胸で鳴っていた。

まるで前世で繰り返し聞いたように。

もちろん本当に、前世の記憶なんてものがあるはずがない。けれど、ほんの幼い頃——生まれてから物心つくまでに聞いた音であれば、可能性があるのではないか？

ノージーは四歳で東京に引っ越すまで、祖父の家で育った。祖父はすでに他界しているけれど、まだ元気だった頃には、三味線を弾いたそうだ。

野寺和樹とはノージー・ピースウッドであり、ノージー・ピースウッドとは「タートルバット」だ。これらはイコールで繋がっている。

けれど、もしもその「タートルバット」が盗作だったなら、いったいどうなってしまうだろう？　ノージーはまるで、自分自身が消えてしまうような恐怖を覚えていた。

だから「タートルバット」の盗作疑惑は、権利や利害の問題ではない。プライドの問題でさえなく、もっと深くノージーの根本に食い込んでいる。

——僕は、本物なのか、偽物なのか。

ノージー・ピースウッドとは、実在するのか、しないのか。

どれだけ言葉を尽くして説明しても、誰にも理解されないだろう。けれどこれは、比喩ではないのだ。

最近、ノージーは自分自身が、はるか昔にいた三味線弾きがみた空虚な夢のように感じている。

文通録を追って窓から跳んだノージーは、死にたかったわけではない。

けれど、生きる意味もまた、わからなくなっていた。

彼の跳躍はあまりに短く、祥子にもワイヤーにも届かない。

――かに思われたが、そうでもない。祥子にはどうにか届く。なぜなら彼女の方もまた、ノージーさんに向かって手を伸ばしたからだ。

祥子はワイヤーに足を絡め、逆さ吊りの体勢でノージーさんをつかんでいる。

結果、サーカスの空中ブランコ的な体勢で、ふたりはひとまず安定した。けれど長くは持たないだろう。やがて落下する。ノージーさんひとりが落ちるか、祥子とふたりそろって落ちるか。どちらであれ無事では済まない。

和谷さんが携帯電話を取り出しながら「救急ですか⁉ 消防ですか⁉」と叫び、浮島さんは「間に合うとすれば救急だろうね」と答えながらベッドのマットレスを持ち上げている。窓から放り投げてクッションにするつもりなのだろう。宙のノージーさんが、ようやく恐怖心を思い出したのか、やたらと通る声で悲鳴を上げた。

ところで、正体不明の盗み屋を営む祥子は、骨頂カレーの歴戦のホールスタッフでもある。そして彼女は、新たなおもてなしの形なのか暇つぶしの悪戯心なのか、奇妙な技を生み出した。彼女自身が幽霊給仕と名づけたその技は、客がカレーを食べ終えた直後、相手にそうと気づかせぬうちにテーブルの端に食後のコーヒーを置いてくる。

窓辺に駆け寄った私は、すぐ隣の革張りのチェアの陰から、一冊の本を取り出した。徒名草文通録――祥子が幽霊給仕の応用で、窓から飛ぶ直前にここに隠したものだ。けれど私にだけは幽霊給仕が通用しないため、この本の在り処《ありか》がわかっていた。

おそらく、祥子の元々の思惑はこうだろう。

彼女は文通録を持って逃げるふりをするが、神戸風月堂の紙袋の中はすでに空である。そうと知らない浮島さんや和谷さんが彼女を追いかけ、彼らを見送った私はまだ部屋に隠されている文通録を悠々と回収する。――私もこの目論見通りに事が進むだろうと予想して「ああ大勢が決したな」と考えていたが、ノージーさんの無謀な跳躍によって、プランがみんな崩れ去った。

私は手早く文通録をめくり、目当てのページ――二枚がぴったり張り合わされて、中を読めないページを開く。その、開かないはずの二枚を、強引にべりりと開いた。

「あ！　なにを！」

と和谷さんがこちらに目を向けた。彼はこれほどの混乱の中でも、本が破れる音は聞き洩らさないらしい。

私は引っ付いていた二枚のページのうち、一方を破り取る。文通録はその辺りに放り投げ、破ったページのみをつかんだまま、革張りのチェアに足を乗せた。そこを踏んで歩を進め、窓際に立つ。ホテル従業員の制服では、夜の寒さが骨身に染みる。

手の中の一ページを半分に引き裂くと、とたんにぴゅうと風が吹く。

私が両手にわかれたページを手放すと、その紙片が風に舞う。ぐるり、ぐるり、ぴゅんぴゅんと。間もなく風は激しいつむじ風となり、紙片を切り刻み細かな塵《ちり》にする。

やがて、塵が渦巻く中心に、人の形が現れた。

和装の男だ。身の丈ほども長い白髪は、月明かりの下では銀にもみえる。その髪がつむじ風に舞い、荒波のように乱れている。彼の身体つきはほっそりしており、肌は透けてみえるほどに白い。対して切れ長の目は黄色く濁っている。その黄色い眼《まなこ》の中心に、裂けたような黒い瞳。夜よりもまだ黒い、すべての光を打ち消すような瞳がある。

私は彼に呼びかける。

「お久しぶりですね、イチさん」

ある水神が、千年前、愛し合う男女の女の方に懸想した。けれど女は神を振り、男と添い遂げることを選んだ。怒《いか》った神は川を氾濫させた。川は男を呑み込み、助けに入った女も呑み込み、ふたりは仲良く手を繋いで死んだ。事の発端たる水神は、ふたりの魂に輪廻転生の呪いをかけた。あるいは救いを与えた。

この厄介な水神こそ、今、目の前にいるイチさんだ。

風を纏い夜に浮かぶ彼が、鋭い目でこちらを睨む。


神の霊魂はふたつの側面を持つ。

一方は荒魂《あらみたま》と呼ばれ、その神の勇ましい側面を指す。もう一方は和魂《にきみたま》と呼ばれ、こちらは柔和な側面を指す。同じ神の表裏ではあるけれど、時にはそれぞれ異なる信仰の対象となり、別の神のようにも扱われる。

金星台山荘の上空に浮かぶ水神は、播磨五川《ごせん》を統《す》べる蛇神の荒魂だ。

彼はあるとき、荒魂としての性質を遺憾なく発揮し、暴れまわり、人の世にも神の世にも甚大な迷惑をかけ、その後に徒名草文通録に封じられた。より正しくは、この神を封じた二枚の札を、私の手で文通録に加えた。

一方、彼の封印の不幸な巻き添えになったのが、同じ神の和魂——九月の月夜に白蛇の姿で現れたカコさんだ。根本では同じ神なので、共に封じるしかなかったのだが、あちらの方が顕現したため、こちらもそろそろだろうと思っていた。それで、文通録を手に入れることにした。

私は、この荒魂——イチさんを封じておきたいわけではない。短絡的かつ暴力的な顔を持つ神だが、根っこはそう悪い奴でもない。けれど彼が顕現すると、ちょっとした問題が起こる懸念があったのだ。

——イチさんを外に出すのは、諸々の用を済ませてからにしたかったのですが。

人命にかかわる非常事態が起きたのだから、神に縋るのが筋だろう。

かつては人の命の値が、ずいぶん安い時代もあった。けれど現世では、なかなかの値がついている。ならば私は、その命の値に従いたい。


イチさんはちらりと辺りを見渡して、その視線をもう一度、私に向けた。

「お前、よくもオレの前に立てたものだな」

「こちらも不本意ではあるのですが、緊急です。神よ、祈るので助けて下さい」

「ふざけるな！　お前はオレに——」

神の声を聞き流すのは心苦しいけれど、もうあまり時間がない。イチさんの顕現に気を取られたのか、祥子の足がそろそろワイヤーから外れそうである。

私は兎のように両足を揃えて踏み切って、夜空に向かってぴょんと跳ぶ。

「惚れた女の命です。うだうだ言わずに救いなさい」

「お前が言うな！　腹立たしい」

私は一方の手でワイヤーを、もう一方で祥子の足をつかむ。だが、か弱いこの身では、長くは支えられないだろう。祥子が声を張り上げた。

「杏！」

「なんです？」

「ポートタワー、みえた！」

「それはよかった」

晴れ渡った月夜から、ほんの一滴の雨が降る。

その雨は私の顔の隣を通過して、まっすぐ地面に落下する。まるでそれにつられるように、私たちの身体も落下をはじめた。握力が限界を迎えた私の手がワイヤーから滑り、祥子の足もワイヤーに絡まり損ね、彼女が落ちればノージーさんも落ちる。

宙で祥子を抱き寄せる。みれば彼女は、じっと地面を見据えている。さすがに笑ってはいない。けれど悲壮感もなく、ただ澄み渡っている。

――彼女は、助かると確信しているのだろうか。

私にはわからない。千年ほども生を繰り返してみたところで、わからないことはわからない。だから未だに、生きるのはそう悪くない。

下では、一滴の雨が落ちたところから、轟々《ごうごう》と水が湧き上がっていた。それは瞬く間に川になり、クリスマスツリーの周囲でとぐろを巻き、さらに水量を増して高くこちらへ迫りくる。滝を逆さにしたようなその水流がまき散らす、数多の飛沫《しぶき》の一粒ごとが、煌《きら》びやかに輝いた。

「世界はときめきで満ちてるね」

と祥子が言った。

「実《げ》にですね」

私はそう答えながら、着水に備えて、彼女の頭に手を回した。

細波《さざなみ》が立つ水面が、クリスマスツリーのイルミネーションを映している。赤、青、黄色、緑、紫。その人工の輝きは、夜空の星々に負けず劣らず美しい。電気代に換算すれば、月ごとに高々数十ドルだろうが、神戸の街の灯にも引けを取らない。

仰向けに浮かんだ私は、そっと辺りを見渡した。輝きの中を祥子がゆったりと泳ぎ、ノージーさんは必死の形相《ぎょうそう》でツリーに抱き着いている。

やがて、水が引いていく。まるで夢か幻のように、間もなく水たまりのひとつも残さず消えて、すでに衣類も乾いている。

私たちはツリーの下に立つ。ノージーさんがなにか言おうとしたようだが、あまりの出来事に言葉がみつからなかったのだろう、開いた口をそのまま閉じる。

先に声を出したのは祥子だった。

「これは、杏にお礼を言えばいいの？」

「いえ。神さまに」

「どこにいるの？」

「それが問題なのですよ」

私が四階の窓を見上げると、ちょうど和谷さんが「返せ！　泥棒！」と叫ぶのが聞こえた。窓からは、文通録を手にしたイチさんが飛び出してくる。神を泥棒呼ばわりするのだから、和谷さんもなかなか豪胆だ。

私は声を張り上げる。

「お待ちください。貴方もご存じの通り、それは私共のもの。どうかこちらにお渡しください」

イチさんはツリーの頂点の星形オーナメントにちょんと止まり、まっすぐこちらを見下ろした。

「オレはずいぶん長々と、この書に封じられていた。渡せばまた、同じことが起こらんとも限らんだろう。然らば、これはオレが預かる」

「また、見え透いた言い訳を」

イチさんを封じたのは、文通録の力ではない。二枚の札の力であり、さらに言うなら、その札の一方に宿ったある神さまの力である。

「うるさい。神の言葉だ、文句はないな？」

「無論、いくつもありますよ。だいたい恥ずかしくないのですか？　播磨五川を統べる偉大な水神でありながら、そんな、ストーカーまがいのことを」

しばらく待ってみても、神からの反論がない。おそらくあの神の語彙に、ストーカーという言葉がなかったのだろう。

代わりに隣で、祥子が言った。

「どういうこと？」

「あの神さまは、ただ文通録を読みたいだけなのですよ。あれの半分は、惚れた相手の日記ですから」

「日記？」

「徒名草文通録とは、つまり私たちの交換日記なのです」

あの本の中身は、文字だけではない。絵描きになれば絵を描いて、音楽をすれば譜面を残し、気が向けば桜の押し花も飾る。内容に関してはルールを設けず、ひとつの生涯で、相手の為に少しずつ——量を決めたわけではないけれど、たいていは見開きで事足りる。

これまで八〇〇年ほど続いており、今後もまだしばらく続くだろう。その気長なやり取りは、多少珍しくはあるけれど、所詮はひと組の男女が日々の出来事を交互に書いた日記である。よって、あれを巡る物語は、どうしたところで大ごとにはなりようがない。いかに力を持った神が欲しようが、その動機はただ恋する相手の日記を盗み読みしたいだけであり、思春期の恥ずかしい思い出程度の規模を出ない。

祥子が、星形オーナメントに立つ神さまに向かって叫ぶ。

「助けていただいて、ありがとうございます！　でも、人であれ神であれ、プライベートを守る節度は持った方が良いですよ！」

イチさんの方は、プライベートという言葉も知らないだろう。

けれど言い回しからだいたいの意味を察したのか、顔を赤くして叫び返す。

「知るか！　神とは我儘《わがまま》なものなのだ！」

その情けない神さまは、星形オーナメントを蹴って飛び上がり、そのまま西の空へと消えた。

星形オーナメントがぽろりと落ちて、それを祥子がキャッチする。

「おや、ちょうど良い。欲しかったんでしょう？」

「でも私、依頼されたものしか盗らないから」

ホテルに返しに行きましょう、と祥子が言った。


さて。イチさんの顕現で怖れていたことの半分は、これである。

つまり彼は、極めて馬鹿げた理由で徒名草文通録を欲しがり、手に入れれば簡単には返してくれない。私はできるなら今生でもあの本にページを加えたいし、それに実は、いわゆる運命の相手との僅かばかりの約束もある。

とはいえ、より客観的な視点に立ってこの出来事を見渡すなら、問題はもう半分の比重が大きい。

かつてイチさんを封じたとき、私たちはある神さまの力を借りた。

それは魃《ばつ》という名の、大陸で行き場を失っていた日照り神であり、水神であるイチさんと互いの力が相殺するようにページを張り合わせて封じていた。だが、イチさんが顕現したなら、あちらの神もまた力を取り戻すだろう。

日照り神は心優しい女神《じょしん》だが、彼女がいると辺りが干上がる。一方で異国の神さまを無下にもできないから、彼女の居場所の用意が急務となる。

と、いってもそれは、私の仕事ではない。神の問題は人の手に余るだろう。その原因が大陸から招いた神なら、この国の神々が団結して事に当たるはずだ。

よって私の目標は、あくまで文通録の奪還となるが、それもまあいつでも良い。

できるなら、今生が続く間に手に入れたいなという程度だ。

午後一〇時になる頃、私と祥子は金星台山荘の駐車場に立っていた。

ツリーから落下した星形オーナメントを届けたついでに、フロントに「食事に行くから」と言ってタクシーを呼んでもらったのだ。無論、私はすでに従業員のコスチュームから着替え、葡萄色のコートに戻っている。

祥子が言った。

「そういやさ、予言があったじゃない？」

「予言？」

「ほら、占い師の。杏が今夜、運命の相手に再会するって」

「ああ。そういえば」

すっかり忘れていたけれど、たしかにそんなことを言われていた。骨頂カレーを出たばかりの頃である。

「あの白タキシードが杏に告白したときには、ついに来たかと思ったんだけどさ。でも、ルールで考えると、あの人がいちばん違うんだよね」

「そうですか？」

「だって運命の相手が杏に恋していたら、輪廻の記憶を思い出しているはずでしょ？　でもあの人、千年生きてる感じじゃないもの」

私たちの転生にはルールがある。

男は生まれ変わるたびに輪廻を忘れ、しかし女の生まれ変わりを愛したとたんにそれを思い出す。女は逆さで、輪廻を覚えたまま生まれ変わり、しかし男の生まれ変わりを愛したとたんにそれを忘れる。

「でさ」と祥子は続ける。「杏が運命の人と会いたくないのは、千年ぶんの思い出を、忘れたくないからなんじゃない？」

「おや。ロマンティックな話ですね」

「だって、そう考えるしかないじゃない。もう相手のことなんてなんとも思ってないなら、文通録もいらないわけでしょ」

祥子の口調が、意外に強い。

それで、どうやら彼女が苛立っているようだと察した。祥子は続ける。

「杏は今もその相手が大好きで、でも思い出と未来とのどっちかしか選べないから、思い出の方を取ったんじゃない？　だから、大好きな人と再会する訳にはいかなくて、それで無関心なふりをしてるんじゃない？」

私は、その言葉には答えない。

いつもの微笑を浮かべて、この話題が通り過ぎるのを待っている。

守橋祥子とは、性根が冷静で、礼節をわきまえたひとである。言い換えるなら「よそはよそ、うちはうち」という価値観を正しく持つひとである。よって彼女は普段であれば、私の表情から通行禁止の雰囲気を読み取れば、軽やかに身を翻《ひるがえ》して別のルートへと歩を進める。

けれど今夜の祥子は、その「通行禁止」の先に、もう一歩踏み込んだ。

「今夜のこのホテルに、杏の運命の相手はいたのかな？」

答えるつもりがなかった問いに、私は答える。

「いましたよ。間違いなく」

たちまち彼女は、表情を変えた。

雲隠れしていた月が姿を現したように、不機嫌そうだった顔つきをぱっと好奇心で染めて、声を上げる。

「え！　マジで？」

「はい。正解を知りたいですか？」

私は顎を上げて彼女をみつめる。

彼女はむうんと唸り、いくらか考え込んだ後に答えた。

「めっちゃ知りたいけど、いい。自分で考える」

「ぜひそうしてください」

「ヒントは？」

「ありませんよ、そんなもの。乙女の直感を駆使すれば良いでしょう」

祥子は腕を組み、気難しげな顔つきで考え込んでいる。シャープな黒いトレンチコートと合わせて、その姿は難事件に遭遇した刑事のようでもある。

やがて、再度山ドライブウェイのヘアピンカーブの向こうから、ヘッドライトの灯りが近づいてきた。私たちのタクシーだろう。

腕組みしたまま、祥子が言う。

「杏はさ、運命の相手に、再会したいと思ったことないの？」

「ありませんね。この私になってからは、ただの一度も」

「どうして?」

だって、私は満ち足りている。

「千年間の諸々よりも、これからイタリアンを楽しむ方が肝要なのです」

タクシーが駐車場に入ってくる。私はまだ考え込む祥子の隣で、「今宵のシャンパンは何に乾杯しましょうか」と、そんなことで頭を悩ませていた。

２話　城崎徒名草クロニクル

私のもとに「良い話」と「どうでも良い話」が共に舞い込んだのは、あの金星台山荘での右往左往から五日後——一二月一四日のことである。

この日、祥子は後ろに約束があるとのことで、骨頂カレーの閉店と共にアルバイトを切り上げていた。あとに残されたのは私と店主の吉田さんのふたりきりだが、これがよかった。並んで皿洗いをやっつけているあいだに四方山《よもやま》話が盛り上がり、ふとした話の流れから、吉田さんが「そういうことなら、うちのレシピを教えてあげようか」と言い出したのだ。

私はあまりの僥倖《ぎょうこう》に、まったく有頂天に昇り詰めていた。軽やかに残りの洗い物を済ませながら、カレーに関する歌を手あたり次第に口ずさみ、うろ覚えによって歌詞の其方此方《そちこち》に穿《うが》たれた虫食い穴をハイトーンのハミングで華麗に回避してみせた。それからついに、吉田さんのカレーの仕込みを拝見して、口伝されたレシピをしっかりと大学ノートに記したのだった。——と、いうのがつまり「良い話」であり、続いて「どうでも良い話」が始まる。

私がるんるんと浮かれた歩調で骨頂カレーを後にして、師走の夜風に身を晒《さら》したとき、足元から声が聞こえた。

「もし、もし。御無沙汰しております」

見れば、路に白い紐が落ちている。それがにゅるりと歪んでこちらに這い寄った。白蛇のカコさんだ。

私は足を止めてしゃがみ込む。

「おや、今晩はどういたしました？」

「ご報告がありまして。少し、お時間をいただけますか？」

「少しと言わず、いくらでも」

神の話を軽々に流すわけにもいかないし、それに今夜は暇がある。バイトのあとの楽しみといえば祥子を相手にした晩酌くらいだが、彼女は大学時代の友人に会っている。なんでも車を安く譲り受ける算段があるらしい。

私はカコさんに手を差し出して続ける。

「よろしければ、拙宅までおいでください。賤家《しずや》ではありますが、寒風は凌《しの》げるでしょう」

「それはありがたい。ですが以前のご様子では、あなたのパートナーに嫌われているようですから――」

「ご心配には及びません。祥子は今夜はおりませんし、もし帰宅が早くなっても、彼女は蛇が苦手なだけですから」

「おお、なるほど」

カコさんは私の手のひらに這い上がってとぐろを巻いた。かと思うときゅっと縮み、つるりとした卵の形になる。そこから間もなく足が生え、口が裂け、目が飛び出して、出来上がったのは一寸ほどの小柄な白蛙だ。

彼は得意げに胸を張る。

「この恰好ではいかがでしょう？」

「お見事。申し分ございません」

私は白蛙のカコさんを肩に乗せて帰路につく。

阪急電車に揺られて約七分。神戸三宮駅から六甲駅へと移動して、緩やかな坂道をぽてぽて北上すると、やがて私と祥子が暮らす賃貸マンション――プチメゾンＨＩＲＡＴＡがみえてくる。

プチメゾンＨＩＲＡＴＡは三階建ての、その名の通りこぢんまりとしたマンションだ。住居として貸し出しているのは二階と三階の二戸ずつで、一階は貸店舗となっており、今はなかなか美味いパン屋が入っている。よって、朝は焼き立てのバゲットまで徒歩三〇秒というのがうちの最大の利点である。

部屋に到着した私は、リビングのローテーブルにカコさんを案内した。それから冷蔵庫を物色し、祥子との晩酌にと用意していた低アルコール純米原酒――富久錦《ふくにしき》Ｆｕ．を取り出す。「さあさあ」「これはこれは」と飲みの席の符丁じみた言葉を交わしながら、カコさんのぶんを醬油皿に注ぎ、私の方はワイングラスを使って不揃いな乾杯をした。

白蛙のカコさんは自身の身体よりも大きな醬油皿を傾けて、ひと息に空にする。「やあ、これはフルーティ」と酒を褒めるカコさんに二杯目を注ぐと、彼はさらりと本題を切り出した。

「ところで伊和大神《いわのおおかみ》から、言伝《ことづて》を申し付かっております。まずは徒名草文通録に関しまして、諸々のご報告を」

カコさんの話では、こういうことのようだ。

文通録には二柱の神が、互いの力を相殺するように封じられていた。一方が播磨五川を束ねる水神の荒魂《あらみたま》、イチ。もう一方が大陸から招請《しょうせい》した日照り神、魃《ばつ》。けれど私がイチさんの方の封印を解いたから、間もなく魃さんも顕現する見通しだ。

魃さんを封じるには、イチさんが必要不可欠である。日照り神と水神という、陽と陰との関係こそが重要であるのに加え、魃さんの気持ちの問題もある。なんとこの日照りの女神《じょしん》、イチさんに恋しているようなのだ。よって、魃さんはイチさんと一緒なら、ほいほいと再封印に応じる構えだ。

一方、イチさんはできるだけ日照り神と距離を置きたい。彼の方は未だに千年前の恋を引きずっているようでもあるし、そもそも干魃は川の大敵だ。魃さんの近くにいると、イチさんは自身の力を失い続けることになる。これは魃さんにしても同じことで、ふたりの力は本質的に矛盾している。ロミオとジュリエットよりなお絶望的な、互いの性質が障害となるこの魃さんの懸想《けそう》、私は吊り橋効果的なものではないかと睨んでいる。つまり「我が身の危険」に起因する心拍数の上昇を、恋愛感情と取り違えているのだ。

日本の神々にしてみれば、魃さんの日照りは大問題だが、彼女を乞うて大陸から招いた手前、礼節を欠くわけにもいかない。できるならイチさんに折れて欲しいのだ。然るに、この犬も食わない色恋沙汰に、わざわざ外から首を突っ込む貧乏籤《くじ》が生まれた。そしてその籤を見事引き当てた不運な神が、伊和大神なのだという。

私はワイングラスの酒に口をつけ、ふっと息を吐いて微笑する。

「伊和さまもなかなか、気苦労が多い方ですね」

「神には厳しい世ですから。氏子《うじこ》は寄り付きもしないのに、その尻ぬぐいばかりを押し付けられます」

私は「はっは」と笑い声を上げ、カコさんのぼやきを冗談として処理する。——千年前、イチさんが懸想した人間の女は、伊和大神の氏子だった。

「大方の事様、承知致しました。ですがどうして、私にこんなお話を？」

「伊和大神はイチとの交渉の為、寄り合いの場を設けております。その詳細を、あなたにお伝えするようにとのことです」

「つまり、私にも顔を出せというわけですか？」

「いえいえ。ですが文通録はイチが所持しておりますから、いらっしゃるならご自由に」

「なるほど。お気遣い、ありがとうございます」

私は醤油皿に三杯目を、ワイングラスに二杯目をそれぞれ注ぐ。

わざわざカコさんを使って話を持ってきたのだから、伊和大神は内心では、手を貸せと言いたいのだろう。けれど触らぬ神に祟りなし。魃さんの件が片付くまで、文通録には近づかないのが賢明だ。

と、こう考えていたのだが、カコさんが続けた言葉で、私は腹積もりを翻す。

「イチとの寄り合いは、城崎《きのさき》で行っております。腰を据えた談論に、手頃な温泉宿を借り切りましたから、よろしければ部屋の余りをお使いください」

「ほう。それは有難い」

なんといっても城崎温泉である。神々のあれこれは煩わしいが、部屋が余っているというのなら、そこを埋めるのに吝《やぶさ》かではない。

――祥子に提案してみましょうか。

ワイングラスを傾けながら、私はそう思案した。


温泉？　いいじゃん。いくいく！　と、祥子が前のめり気味に賛同して、スケジュールを詰めることになった。

旅行を企てようにも、骨頂カレーのシフトに穴をあけるわけにはいかない。スマートフォンのカレンダーでは、次の連休は一二月二四日、二五日の二日間になっている。二四日のクリスマスイブは、ちょうど骨頂カレーの定休日に当たる。吉田さんは翌二五日も店を閉めて家事に精を出すことで、産後の身で家を守る奥さまへのささやかなプレゼントとする計画だそうだ。

私にはイブの予定がなく、ケーキさえ手配していないものだから、祥子と共に城崎温泉を楽しめるなら僥倖だ。こうなると不安なのは、伊和大神が思いのほかあっさりとイチさんを説得してしまい、早々に宿を引き払ってしまう展開だった。そこでイチさんの身勝手な性質に期待して、「どうか話が拗《こじ》れますように。とはいえ喧嘩別れを招くほど苛烈《かれつ》には拗れませんように」と祈って暮らした。聞くところによると、イチさんは私の期待に応えて存分にへそを曲げ、だらだらと酒を飲むばかりの進展のない日々を送っているという。

一方祥子は、お値打ち価格で目当ての車を譲り受けることが決まりご機嫌だった。手早く契約した月極駐車場に届いたのは、コペン・セロという名の深碧色《しんぺきいろ》の軽自動車だ。これはツーシートのオープンカーであり、丸っこいくせにスタイリッシュなフォルムがいかにも祥子好みである。

二四日――クリスマスイブの早朝、私たちはまだ空が暗いうちにコペン・セロに乗り込んだ。せっかくのオープンカーではあるものの、骨身に染みる寒気凜冽《りんれつ》を相手取るのにシートヒーターだけでは心許なく、ルーフをぴっちりと閉めがんがんに暖房を効かせて暁闇《ぎょうあん》を走る。間もなく六甲山を貫く有料道路に入ると、アクセルを踏み込んだ祥子が、スムーズな加速に「ひゃっほう！」と歓声を上げた。

まっすぐ城崎温泉に向かうなら、兵庫を北に駆け抜け日本海を目指すことになるが、本日はその前に寄り道がある。宍粟《しそう》市の神社に顔を出し、伊和大神に挨拶することにしたのだ。

三田《さんだ》の辺りで進路を西に取り、ようやく山際に姿をみせた朝陽を背にして走る。私たちはひと通りコペンを褒め称え、続いて「どんぐりころころ」の三番を自作して時間を潰した。祥子が「どんぐりはハッピーエンドを迎えるべき！」と言い出したのだ。

この議題はなかなかの白熱をみせた。「どんぐりころころ」の歌詞は展開のスピード感が見事であり、太刀打ちには骨が折れる。三〇分ほども互いにアイデアを出し合って、完成した詩を交互に唄った。

「どんぐりころころどんどんと」

「ドジョウの仲間が集まって」

「カエルの背に乗り池をでりゃ」

「カシノキ母さん呼んでいる」

うむ、と祥子が頷く。納得がいったようである。

私としては、「ころころ」というオノマトペに上手く意味を込められていない点がやや心残りではあるが、全体の構成はまずまずではないだろうか。当初の目論見通りどんぐりは救われ親元に帰る見通しが立ったし、情に厚いドジョウがお池の仲間たちと友好的な関係を築いている様子が垣間見えるのも良い。

私たちは加西《かさい》サービスエリアに立ち寄り、新たな詞の誕生を祝して紙コップのホットコーヒーで乾杯した。それから宍粟市に入って有料道路を外れ、揖保川《いぼがわ》沿いを北上する。するとやがて、伊和大神が座する神社——その名も伊和神社が現れた。

伊和神社の駐車場は、向かいの道の駅と共有になっている。そちらにコペン・セロを停めて、トランクから取り出した重たい紙袋を提げて歩く。駐車場のすぐ傍にも参道はあるのだが、私は北側の小路へと回り込んだ。伊和神社はまずまず広く、小さな森が古《いにしえ》の姿のまますっぽりと境内に収まっているような趣だ。北側の小路はその森の中を通るから、森林浴の心地よさがあり、祥子に紹介したかったのだ。

立ち並ぶ杉やら樫やら檜やらは、樹高が五〇メートルを上回る。あまりに木々が大きいと、こちらの方が小人になったようで愉快である。

その木々の陰に、小神の姿がちらほらしていた。身長は四〇センチほどだろうか、二足で立ち上がったレッサーパンダに似た風貌だが、顔には木の葉の仮面が張り付いている。色や形が少しずつ違うそれが、一〇や二〇ではきかない数、木陰に隠れてこちらをうかがう。

祥子がやや身を屈め、口を私の耳に寄せた。

「あれ、なに？」

「ここの木々の神格化でしょう」

「神さまって、あんなにぞこぞこいるもんなの？」

「この国では、あらゆるものが神格を持ちますから。本当は人よりも神の方がずっと多いのですよ」

「神戸じゃみかけないけどね」

「身を隠しているのでしょう。ここだって、普段は落ち着いたものですよ」

小さき神は、臆病だ。今もこちらに近づこうとはしない。とはいえ人一倍の好奇心を持つものだから、視線ばかりが大胆でむず痒《がゆ》いほどだった。

「杏に会いに出てきたのかな？」

「会うというか、見学でしょうか。千年間、輪廻を繰り返す人間というのは、神にとっても都市伝説じみていますから」

「なるほど。口裂け女が来るって聞いたら、そりゃあ顔を見たくなるもんね」

大方は、そういうことではあるけれど。

「できるならもう少し、害がないのを引き合いに出してくださいな」

「害がない都市伝説なんて、いる?」

「たとえばケサランパサランなど」

「なにそれ?」

私は祥子にケサランパサランの説明をしながら、笑みを浮かべて小神に手を振ってみせる。とたん、その方向の小神たちが、ぽんと弾けるように姿を消した。取って食われるとでも思ったのだろうか。だとすれば私の扱いは、ケサランパサランより口裂け女に近いのかもしれない。

やがて森の中の小路を抜けると、柔らかな三味線の音が聞こえた。みれば拝殿の前に、和装の美しい女性が立っている。伊和大神と共にこの神社に祀られる神、下照姫《したてるひめ》だ。彼女は和歌の祖とされ、宮中で奏でられる楽曲の作者としても知られる、才色兼備の神である。

私たちが足を止めると、下照姫は手にした三味線に軽く撥《ばち》を当てながら、涼やかな目をこちらに向ける。

「あなたに会うときは、いつも挨拶に迷ってしまいますね。初めましてというべきか、お久しぶりというべきか」

たしかに私が、岡田杏という名のこの身で下照姫に会うのは初めてである。

「これは、不義理ばかりで申し訳ございません。次は必ず、転生の前に参上致します」

すると下照姫は、けらけらと若々しく笑う。

「冗談よ。名前も身体も、なんだってかまいません。ですが、私たちが言葉を交わせる人というのは稀ですから、たまには会いに来てね」

「はい。服膺《ふくよう》致します」

私は反省を装う為、手を合わせて頭を下げてみせる。とはいえこの伊和神社、神戸からは距離があり、近場に電車も通っていないので不便である。だいたい伊和大神が、播磨では有数の神であるはずなのに、いまいち存在感がなくアクセスの良いところに祀られていないのがいけない。

「こちらは私の同居人の、守橋祥子と申します」

そう紹介すると、祥子がぺこりと頭を下げた。

「はじめまして、守橋です。神さまへのご挨拶は慣れていないから、なにか無作法があれば申し訳ありません」

するとと下照姫が、苦笑に似た笑みを浮かべた。

「お気になさらず。たいていの神は大らかなものなのです。そうでなければ、そちらの岡田杏は、すでに天の裁きを受けているでしょう。神を相手にしてさえも、慇懃無礼を絵に描いたような人ですから」

なかなかにひどい言い草である。私にだって、神を敬う心があるにはある。ただし千年も生きていれば、およそ神の性質もわかってくる。彼らの基本姿勢は「神は神、人は人」であり、多少手を合わせたところで加護も得られず、そこそこ蔑《ないがし》ろにしても罰されもしない。であればどうしても扱いが軽くなる。

私は話を逸らそうと、手にしていた紙袋から酒瓶を取り出す。

「こちら、心ばかりではありますが、お納め下さい」

「あら、ありがとう。それで、今日《こんにち》はどうしたの？」

「私の不始末で伊和大神のお手を煩わせていると聞きまして。それから、城崎のお宿にお招きいただきましたので、お詫びとお礼を兼ねたご挨拶を」

「そう。私も父の遣いで、今宵は城崎に顔を出すつもり」

「これはこれは。お手間をお掛けし申し訳ございません」

「いいのよ、暇だし。父は鶴石《つるいし》に」

下照姫の父とは、大国主神《おおくにぬしのかみ》であり、出雲大社の祭神でもある非常にメジャーな神さまだ。そして大国主神は、件《くだん》の伊和大神と同神であるとされている。よって彼女は伊和大神を父と呼ぶ。

日本の神々はこの辺りの関係がややこしく、まったく別の名前でありながら実は同じ神らしい、といった話が頻出する。一説では同じ神、別の説では異なる神、などということも多々あって、神もアイデンティティが揺らいでいる。

実際に以前、伊和大神に「貴方は大国主神なのですか？」と尋ねてみたところ、「それは君の信心のみが決めるのだよ」との返事だった。本人もよくわかっておらず、なんとなくそれっぽい言葉で煙に巻いたのだろう。

私たちが頭を下げて立ち去ろうとすると、下照姫が続けた。

「待って。父からは、あなたひとりが顔を出すようにと言われています。込み入った話になるかもしれませんからね」

「それは、お気遣いありがとうございます」

とはいえ、いかに祥子といえど、下照姫――初対面の神の前にひとり残されるのは心許ないのではないか？　そう考えて顔色を窺うと、祥子はあっけらかんと応えた。

「じゃあ、杏のぶんもお賽銭《さいせん》入れとくね」

「ありがとうございます。しばし席を外させていただきます」

まあ、私が祥子について、あれこれ気を回すのは杞憂というものだろう。

彼女はさっそく、気安い様子で下照姫に話しかけている。

「ところで、神さまに会ったら、訊いてみたいことがあったんです」

「はい。なんなりと」

「神と人って、どっちが先に生まれたんですか？」

この、なかなかにクリティカルな質問に、下照姫は神々の常套的逃げ文句で答えた。

「それは貴女の、信心のみが決めるのです」

無論、神話によれば、人よりも先に神がいた。けれどこの神話そのものが、人の創作だという見方もできる。科学的知見が世の真理を暴こうとする現世において、神の立場も流動的だ。そして、この流動性を良しとするのが、我が国の神々の美点である。

「別に良いではありませんか。わからないことは、わからないままで」

その悟りのような、諦めのような言葉と共に、下照姫はべんと三味線を鳴らした。

拝殿の脇の小路を抜けると、奥に件の鶴石がある。

それはみたところ変哲のない、腰を下ろすのにちょうどよい大きさのただの岩だが、是に伊和神社建立の由来がある。私も聞きかじった程度で詳しくはないのだが、たしかこんな話だ。

あるとき伊和大神から「西に霊地があるから私を祀りなさい」とのお告げがあり、行ってみるとそこに、一夜にして荘厳な森が出現していた。森の中には岩があり、その岩の上で二羽の鶴が、北を向いて休んでいた。そこで伊和神社の社殿は、北向きに建てられることになった。――このエピソードのいまいち説明が足りていない感じが、いかにも日本神話的で私は好みだ。

鶴石に至るには、一〇段ほどの石段を下ることになる。その石段に、ひとりの男が腰を下ろしていた。古風な外套を肩にかけた彼は、銀製の七寸煙管《きせる》を手にして煙をぽありと吐いている。この男こそが、伊和大神その人である。

神よりも頭《ず》を高くして声をかけるのは無作法だろう。私が石段を下ると、彼の方が先に口を開いた。

「神ってのは、我儘でいけないねぇ。思うに、節度を学ぶ機会がない」

私は、困り顔を愛想笑いに似せて答える。

「そうおっしゃる貴方も神の一柱《ひとはしら》でしょう」

「オレは中間管理職みたいなもんだよ。あちらを立てればこちらが立たずばかりでね」

「イチさんの件では、諸々のお手間をおかけし、誠に申し訳ありません」

「そう言うなら、君が丸く収めておくれ」

「さて。私が首を突っ込んでも、話が拗れるばかりでしょう」

「いやいや。なんだかんだと言って、イチは君たちには弱い。今の世じゃあ、構ってくれる人なんてそうそういないものだから」

「私など、恨まれてばかりだと思いますが」

伊和大神は片肘を膝の上に乗せ、軽くこちらに身を乗り出した。

「良いときに来てくれたよ。どうだろう、オレたちで共同戦線を張らないかい？」

できることなら、嫌だと言いたい。存在の次元が違うのだから、神と人とが手を組んだなら、人の方が割を食うのは目にみえている。

けれど神の言葉を頭から否定するわけにもいかず、私は先を促す。

「と、申しますと？」

「君が文通録を奪い返したなら、イチはその後を追うだろう。イチは短慮だが、あれでもまずまずの神だよ。力比べでは君に勝ち目がない。そこで、安全地帯を提供しよう」

「ほう。安全地帯？」

「言葉の通りだよ。そこに逃げ込めば君たちは安全だ」

有難い話だが、一方的な施しに思えて、胡乱な気配を感じる。

「さて、そのお話の、いったいどこが共同戦線です？」

こう尋ねると、伊和大神は煙管に口をつけ、ぽっと煙を吐き出した。

「実は、魃さんとイチとを共に封じる案があってね。鳥取砂丘にイチをおびき寄せ、腕利きの呪《まじな》い師に結界を張らせようというわけだ」

「へえ。鳥取砂丘」

「あの地では、乾いた砂が人を潤す。観光資源という奴だ。そしてこの観光、神にとっても益になる。人は旅先でばかり神に手を合わせるものだからね。だが最近は緑化が進んで砂丘が消えそうだと、稲葉《いなば》の連中から愚痴を聞かされていたんだよ。よって鳥取砂丘であれば、日照り神の力が多少漏れても望むところというわけだ」

なるほど。それで、城崎温泉。

城崎から鳥取砂丘はわりに近い。しばしば観光ルートに組み込まれるほどだ。

「つまり私たちを餌にして、イチさんを砂丘に呼び込もうというわけですね？」

「イチの封印は、一切の責任をこちらが持つ。君にとっても奴は厄介――封印されて困ることはないだろう？」

「まったくお言葉の通りですね」

「では」

「お断り致します」

私の与《あずか》り知らぬところでイチさんが再び封じられるのであれば、それは知ったことではない。世の成り行きのひとつである。けれどその因果に自ら加わるとなると、これはまた話が違う。

人にも神にも、自由意志はあって然るべきだろう。イチさんが魃さんと結ばれたいのであれば、あの神の背を押すのに吝かではないが、そうでなければ無理強いはできない。私の恋心は私のものであり、イチさんの恋心はイチさんのものだ。

「よくわからんねぇ。あいつは、君の仇だろう？」

「恨みというのは、風化するものですよ」

「その通りだ。恨みやら怒りやらはさっさと風化させるに限る」伊和大神は大仰《おおぎょう》に頷き、それからさらりと続けた。「しかしね。君がオレの案に乗ってくれるなら、城崎の部屋に松葉蟹の鍋をつけよう」

なんとも心揺さぶられる話である。私の倫理だとか美学だとかはなんの味もしないが、蟹鍋は確かに美味い。

「――いえ。今宵は、安い酒場を見繕っておりますから」

私が歯を食いしばって首を振ると、伊和大神が微笑んだ。

「殊勝なことだね。ではこの話は忘れておくれ」

そう簡単に引き下がらなくても良いのに。もう一押しや二押し、試していただきたいところだ。

こちらの期待に応えてか、彼が再び切り出した。

「では、次の提案だが――」

「そちらも蟹鍋はつきますか？」

「蟹三昧のコースをつける」

「ぜひお話しください」

私が身を乗り出すと、伊和大神は軽く頷いてみせた。

「オレだってイチに、それほどの無理を言うつもりはないんだよ。奴が一〇年も魃さんを封じてくれれば、あの日照り神を大陸に送り返す手筈が整う見通しだ。そこでイチに褒美の約束をして、一〇年だけ無理を呑ませたい」

「なるほど。褒美というのは？」

「奴の、千年前の恋を成就させてやるというのはどうだろう？」

なんだ。まったく、話にならない。

私の胸を焦がしていた蟹への想いは、瞬く間に冷めていた。

「話はこれで、お終いですか？」

「まあ待て。そう怒らないで聞いてくれよ。君たちには、ずいぶん長い生が与えられている。すでに千年——この先もまだ続くだろう。その中の今生だけ、しかも一〇年も先からだ。イチの機嫌を取ってもらえるなら、次の生では呪いの中和を約束しよう」

「望むことではありません」

「もしもオレが、強引に事を進めたなら？」

「無論、全力で抵抗致します」

私は不快感を隠しもせず、伊和大神をじっと睨む。

彼はおどけるように、手にした煙管をくるりと回してみせた。

「そろそろ枯れても良い頃だと思うがね。千年経っても、まだ恋に生きるのかい？」

「そのようなつもりはございません。ですがか弱き人の身でも、張るべき意地はあるのです」

「徒名草文通録――あの古臭い書の上だけで、睦言《むつごと》を交わしても空しいだろう？」

「いいえ。私は満ち足りておりますよ」

「本当に？」伊和大神は、身を屈めるようにしてこちらをみつめる。「本当に、その言葉は本心かい？　オレはこう言っているんだ。君たちが結ばれたいというなら、次の転生ではその願いを叶えてやる。オレは縁結びと子授けの神でもあるからね」

恋の成就とは、どのような姿をしているものだろう。私にはわかりかねるが、けれどそれも、時の流れと共に形を変えるのだろう。

千年前、恋の成就といえば、それは子を生《な》すことだった。想い人の血を家系に加え、次の時代へと繋げることだった。けれど令和の世において愛の形は様々だろう。なにも古臭い価値観の中で、もがき苦しむことはない。

「血の繋がりが時を超えるように、文《ふみ》もまた時を超えます。私たちが、互いを互いと知ったまま言葉を交わすのが文通録の中ばかりだとしても、哀情はございません。なぜならあの粗末な書こそが、私共の絆の証ですから」

伊和大神が、煙管をかんと石段に当てて火を落とす。

「口ではなんと言おうが、オレには強がりに聞こえるよ」

本当に、そんなことはないのだけれど。

私は胸の内の呆れをため息にして吐き出す。

「だいたいが千年間のあれこれなど、さほど重要ではないのですよ。貴い大神には無残にみえたとしても、卑賤な私にとって、今生は十全に満ち足りております」

「へえ。人の世は面白いかい？」

「はい。たとえば、この通り」

私はぞんざいに宙を指す。

「これは？」

「無論、三味線です」

先ほどから、べん、べんべん、と三味線を熱演する音が聞こえていた。力強いが暴力的ではない、どこか憐憫を感じる音だ。

私の言葉の証明にと、伊和大神と連れ立って拝殿の表に戻ると、祥子が下照姫の三味線を借りて掻き鳴らし、伸びやかな声で熱唱している。曲はペニシリンの「ロマンス」だ。彼女の正面に下照姫が座り込み、周囲を小神たちが取り囲み、私が持参した酒を酌み交わしながらやんややんやと囃《はや》し立てる。

伊和大神が、噴き出すように笑う。

「これはまた、ずいぶんな奇観だね」

私は努めて真顔で答える。

「ですが、おわかりいただけますか？　このような景色が日常であれば、私の生に、欠けたるところはございません」

まあ私も、少し目を離した隙に、祥子が神を相手にヴィジュアル系バンドの楽曲を熱唱しているとは思わなかった。けれど、守橋祥子とはこうなのだ。どこにいようが場の空気を一変させ、彼女の色に染めてみせる。私ひとりではつまらない日を、彼女は煌びやかなものにする。よって、千年間の恋だとか愛だとかを棚に上げても、彼女と共にあるこの時間は面白い。

伊和大神が、呆れた風にぼやいた。

「ま、いいさ。では、先ほどの話は、今のところは取り下げよう。本日は温泉を存分に楽しんでおいで」

「有難うございます」

「本当に。オレだって、かつての氏子の幸せを願っているんだよ」

「はい。一片の疑いもございません」

とはいえこの城崎旅行、穏便に終わるとも思えない。

城崎にはイチさんがおり、すでに祥子にもそのことを伝えている。そして彼女は自身が引き受けた依頼を、投げ出したことがないのだ。

再びコペン・セロに乗り込んだ私たちは軽やかな加速で城崎へと向かい、正午には湯に浸かっていた。この温泉街に七つある外湯のうちのひとつ、鴻《こう》の湯である。

タオルを頭に載せた祥子が岩肌の露天風呂で手足を伸ばし、「ああー」と年寄りじみた息を吐く。

「今、私が枕草子書いたら、冬は真っ昼間の露天風呂最高って内容にするわ」

隣の私は、顎まで湯に浸かって応じる。

「冬紅葉など、落ちて湯面《ゆめん》を揺らすもをかしですねぇ」

「湯面？」

「水面のお湯バージョンです」

「そんな言葉、あったっけ？」

「さあ。聞いたことはありませんが、枕草子に書けば辞書に載るでしょう」

「かもねぇ」

祥子は「春はあけぼの、夏は夜、秋は夕暮れ」と羅列して、それからふいに顔をしかめてみせた。

「冬はつとめてって、春はあけぼのと時間帯かぶってない？」

どうだろう。

つとめては早朝、あけぼのは夜明けだから、似通ってはいるけれど。

「まあ、別にかぶってもいいのでは？」

「夜明け、夜、夕暮れときて、また早朝ってもやっとするでしょ。清少納言ってお昼嫌いなの？」

「かもしれませんね。熱心な勤め人でしたから」

「ああ。ま、サラリーマンはあんまりお昼好きにならないか」

「半分は朝を挙げているのだから、ポジティブなくらいですよ」

「そう考えると尊いね」

などと、無責任に千年前の人物を評して盛り上がっていると、ぽちゃんと湯が跳ねる音が聞こえた。みれば小ぶりな白蛙が、湯面をすいすい泳いでくる。私は背を伸ばして座り直し、そちらに手を伸ばす。

「これはカコさん。本日は御日柄もよく」

私の手のひらに、白蛙のカコさんがよじ登る。

「長旅、お疲れ様でございました」

「わざわざ婦女子の入浴中にご足労いただき、誠にありがとうございます。ずいぶん急な御用がおありとお見受けしますが？」

私がカコさんを握り潰すふりをすると、彼は慌てた様子でぴょんと跳ね、湯の中へと戻る。

「これは失礼致しました！　私はどうも、人の世の道理に疎く——出直して参ります」

「冗談ですよ。私の方は」

千年も生きていれば、性別への興味など枯れ果てる。この身が女性であるから、とりあえず自分を女性として扱っているまでである。

けれど祥子はそうではないだろう。私が目を向けると、彼女は両手で器を作り、湯に浮かぶカコさんをすくい上げた。

「私も別に気にしないよ。神さまだし、カエルだし」

カコさんが、祥子を見上げて怖々尋ねる。

「カエルはお好きで？」

「うん。どんぐりを助けてくれたしね」

「どんぐり？」

未だ不安げなカコさんに、私は「こちらの話です。お気になさらず」と告げる。

彼は首のないカエルの身でありながら首を傾げていたが、ともかく話を進めることにしたようだ。祥子の手のひらから私の肩へ、さらに頭の上へと跳び移る。

「おふたりがいらっしゃると聞き、宿のご案内に参りました」

「それはありがとうございます」

イチさんを説き伏せる為に伊和大神が借り切った宿は、宵待亭《よいまちてい》という名だと聞いた。城崎までの道すがらに開いたグーグルマップによれば、鴻の湯から北西に三〇〇メートルほど行った処である。

「宵待亭には、どなたが？」

私がそう尋ねると、カコさんは喉の辺りを小刻みに震わせて答える。

「本日はおふたりの他に、神が四柱と人が三人お泊りになる予定です」

「詳細をお尋ねしても？」

「神の方は、イチに加えてこの辺りの氏神である湯山主神《ゆやまぬしのかみ》、伊和神社から下照姫。それに、思金神《おもいかねのかみ》がいらっしゃいます」

「ああ。――なるほど。オモイカネさんですか」

「イチの説得には適任ですから、ご足労をお願いしました」

これに、祥子が口を挟む。

「オモイカネ？」

私は湯をすくった手で首筋を揉みながら答える。

「策士として、まずまず知られた神さまですね。岩戸隠れ伝説はご存じですか？」

「あれかな。天岩戸《あまのいわと》に太陽の神さまが引きこもっちゃって、世界が真っ暗になったっていう」

「それです」

「たしか岩戸の前で誰かがエロいダンスをして、それで他の神さまが大笑いしたから、気になって太陽の神さまも出てきちゃったんだよね」

「あらましは仰《おつしや》る通り。そして、その策を立案したのがオモイカネさんです」

祥子は「なるほどねぇ」と納得した様子だったが、間もなく首を傾げてみせた。

「うん？　策士？」

「なにか？」

「あの話って、あんまり賢い感じじゃなくない？」

まったくである。岩戸隠れの解決法は、現代的な作劇ではコメディにしかなりようがないだろう。知的な人物が真顔で語り周囲が褒めそやす種類の策ではない。

けれど、だからこそあの神は賢者なのだとも言える。

「たしかにオモイカネさんの逸話はおしなべて、あまり知的な感じはしません。物事が円滑に進んでいる様子もありません。でも、必ず最後には成功するのです」

「粘り強いってこと？」

「いえ。私が思うにあの神さまは、頭抜《ずぬ》けて賢い。だから最良の結果の為であれば、一見すれば馬鹿げた手段も用います」

オモイカネさんが登場する神話で、岩戸隠れ伝説に並んで有名なのが「国譲り」のエピソードだ。

これは天の国である高天原《たかまがはら》の神々が、当時は大国主神が治めていた地上を譲り受けようとする話である。このとき、交渉の為に高天原から地上へと派遣する神を、オモイカネさんが選定している。

国譲りの成り行きを上辺だけ追えば、オモイカネさんの選定はぱっとしない。まず派遣した神は大国主神に取り込まれて手下になり、次に派遣した神は自身が地上を支配しようと企み大国主神の娘——下照姫と結婚してしまう。つまりオモイカネさんが選んだ二柱が続けて裏切るのだ。そして三度目で、ようやく大国主神は出雲に引っ込み、地上を高天原に譲ることを決める。

では、はじめの二柱は、オモイカネさんの選定ミスだったのだろうか？　私は、違うのではないかと踏んでいる。彼はより確実な「国譲り」の成功に向け、あえて成功の見込みのない神から地上に送ったように思えるのだ。

現に、まず派遣した神はその後も大国主神に仕えて出雲国造《くにのみやつこ》の礎《いしずえ》となった。大国主神が穏便に出雲に座する為の重要な駒である。そして次に派遣した神は、この一件で謀反心が明らかになり滅せられている。つまり、裏切り者を見事に炙り出した上で、大国主神の前で高天原の力を示したのだ。オモイカネさんはこうして準備を万端に整えたのちに本命を派遣して、戦もなく大国主神を説き伏せた。

祥子が楽しげに目を細めた。

「オモイカネって神さまは、昼行灯を装う切れ者キャラってこと？」

「はい。私の見立てでは」

「いいじゃん。こっちの味方になってくれないかな」

彼女の言葉に、カコさんが不安げに口を挟んだ。

「どういう意味です？」

対して祥子は、あっけらかんと答える。

「そのまんまだよ。ほら。私たちはこれから、あのイチって神さまから文通録を盗み取るわけだから、優秀な神さまは仲間にしたいでしょ？」

「あり得ません！　そんなこと！」私の頭に居座っていることを忘れたのだろうか、カコさんが大音声で叫ぶ。「あの方は、イチをどうにかなだめすかして説き伏せる為にお呼びしたんです。イチの機嫌を損ねるようなことに、手を貸すはずがないじゃないですか！」

たしかに陣営をこちらとあちら、ふたつに分けるなら、オモイカネさんはまず間違いなくあちらに付くだろう。

「なら」祥子が不敵に笑う。「文通録を盗むには、めっちゃ賢い神さまの不意を打たなきゃいけないってことだね」

彼女が楽しそうで、なによりである。

けれどカコさんはまだうるさく騒いでいる。

「無茶ですよ！　あの方は知恵を司る神なのです。知恵比べで、人が勝てるわけがありません！」

その頭上の白蛙に、私は尋ねる。

「神さまの方はわかりました。人が三人泊るというのは？」

カコさんはまだ言い足りない様子で、しばらく体を震わせていた。けれど、議論は無駄だと悟ったのだろう、不貞腐《ふてくさ》れた様子で答える。

「イチの封印の為に京からお呼びした凄腕の呪い師と、そのお手伝いのおふたりが逗留されています」

であれば今夜、宵待亭に宿泊するメンバーはこうだ。

神をみれば、播磨五川を束ねる水神の荒魂、知恵を司る策士の神、城崎温泉の氏神と、大国主神の娘である歌や音楽の神。一方で人をみれば、凄腕の呪い師とその関係者ふたり、加えて文通録を狙う「盗み屋」の祥子と千年ぶんの記憶を持つこの私。――なかなか多彩な顔ぶれである。

カコさんが、ため息交じりにぼやいた。

「せっかくの温泉です。無謀な盗みなど考えず、のんびり疲れを癒せば良いではありませんか」

対して祥子は、軽く答える。

「でも私、疲れたことないから」

これはおそらく冗談である。

けれど聞く方には「本気で言っているのではないか」と思わせる凄みがあるのが、守橋祥子の怖ろしいところだ。


鴻の湯を出た私たちは昼食にお好み焼きをいただき、さらにロープウェイ乗り場の近くの売店で生卵を購入した。この卵をネットごと城崎温泉の元湯に浸し、温泉卵にして食うのである。

せっかくここまで来たのだからとロープウェイに乗り込んで、末代山温泉寺《まつだいさんおんせんじ》に手を合わせ、奥の院の「かに塚」では夜な夜な鍋の中で赤く染まる蟹に想いを馳せた。下山してからも麦藁細工店を見学したりクリスマスの飾りつけによって和洋が入り交じった土産物屋を覗いたりと存分に旅先の風情を堪能した。ようやく宿に到着したのは、午後四時になる頃である。無論、宿に着いたら着いたで、湯に浸からないわけにもいかない。

こうしてすっかり旅に疲れた私は、宵待亭の一室で、畳の上に寝転んだ。祥子は本当に疲れを知らない様子で、カコさんを引き連れて再び城崎の街へと繰り出している。

宵待亭は、客室が一階に六室、二階に四室のみの小さな旅館である。二階は神連中で埋まっており、私たちに当てられたのは一階の角部屋だった。私は悠々閑々《ゆうゆうかんかん》と天井の木目を眺めて「こうした無益な時間こそ温泉宿の醍醐味であるな」と悦に入っていたが、やがて喉の渇きを覚え、客室に備え付けられた冷蔵庫を開いた。

そこに入っていた瓶入りのサイダーをちびりちびりとやりながら窓の外に目を向けると、小さいながらもよく整った庭園がある。

そろそろ日が暮れる頃だ。夕闇の中、石灯籠の隣の岩にひとりの男が腰を下ろし、手にした携帯ゲームに興じている。温泉宿でのひと時をどう過ごそうが勝手だが、彼の身を包むのは薄手の浴衣だけであり、胸元が開いて白い肌がみえている。師走の日暮れにその形《なり》は寒々しくていけない。

男はゲームの操作に応じて、身体を右へ左へと大きく揺らしていた。やがて「ああ、くそ」と叫んで頭を掻きむしる。私はつい噴き出し、窓を開いて声をかける。

「これはイチさん。ずいぶん、現世に馴染んでおいでですね」

彼は剣呑《けんのん》な目でこちらを一瞥《いちべつ》し、再びゲームに目を落とす。

私は浴衣の上にダッフルコートを羽織り、踏込から靴を取ってきた。窓辺に腰を下ろしてそれを履き、すとんと庭へと跳び下りる。

「本日はイブだというのに、独りでなにをされているのです？」

イチさんは「ああん？」とすごむが、私はかまわずそちらに歩み寄る。灯籠の傍らに立ち、彼の手元を覗き込めば、ちょうどノコノコにぶつかったマリオが両手を上げて跳び上がったところである。

不機嫌そうにイチさんが言う。

「イブもクリスマスも関係あるか」

「おや。ご存じでしたか」

彼が封印された頃には、すでに日本にクリスマスが伝わっていたが、イブという言葉はあまり知られていなかったはずである。

「オモイカネが、今宵は宴だと騒いでいる。馬鹿げた話だ、他所《よそ》の神に祈る日だろうに」

「ですが他人事《ひとごと》だからこそ、気軽に酒も飲めましょう」

「ふん。お前らは神を選びもせず、祭りと聞けば騒ぎ出す」

「あ。そこ。白い板の上でしゃがめば、裏側にいけますよ」

「裏側？」

イチさんが、ゲーム機の裏を確認する。可愛らしいことである。

私はどうにか笑うのを堪え、隣の岩に腰を下ろす。

「どうされたのです？　ゲームなど」

イチさんは顔をしかめているが、こちらを追い払おうとはしないようだ。目はゲームに向けたままだが、話には応じてくれる。

「湯と酒だけでは飽きが来る。別段、面白いものでもないが、まあ暇は潰れるだろう」

「暇ばかり潰しても仕方がないでしょう」

「うるさい。お前は、もう少しオレを畏れてはどうだ？」

「今さら畏れてどうなるのです？」

「畏れておらぬよりは生き長らえる」

「どうせ死んでも、また次が始まります」

「なんだ。今生に未練はないのか？」

「そりゃあ、あるにはありますよ。けれど私が、これまでどれほどの未練を抱えて死んできたと思っているのです」

「知るか。高々、つまらぬ書の一冊ぶんだろう」

「ああ、そうだ。そのつまらぬ書を返してはいただけませんか？」

イチさんの手の中では、またマリオが敵にぶつかり、両手を上げて跳び上がる。夕暮れの闇はいっそう深まり、その画面ばかりがよく光る。

イチさんはしばし悩んだ末、私の言葉は聞こえなかったことにしたようだ。

「お前、連れはどうした？」

「イブですから、ケーキでも見繕っているのでしょう」

「ああ？　ケーキ？」

どうやら彼は、クリスマスを知っていてもケーキは知らないようだ。

「渡来ものの菓子で、親を辿ればカステラです」

「そうか。あれは、まずまず美味い」

「では、ケーキもお試しください。近々献上致しましょう。ところで、文通録ですが」

私が強引に話を戻すと、イチさんは柄の悪い舌打ちをした。

「お前はくどいな」

「それはイチさんも同じでしょう。貴方は偉大な神なのですから、いつまでも卑賤な私共に構わず、魃さんとでも一緒になれば良いではないですか」

「身の程をわきまえろ」黄色く濁った眼が、ぎろりとこちらを睨みつける。「神前で吐く言葉には心を砕け。捻りつぶすぞ」

千年も生きていれば、神に凄まれたところで震えもしない。だいたいこの神さまが、今さら私を殺すとも思わない。

「これは失礼致しました」口先だけは謝罪して、私は話を先に進める。「ですが、魃さんを放っておくわけにもいかないでしょう？」

彼は「ふん」と息を吐き、再び目をゲームに戻す。

「なんだ。お前、伊和大神にそそのかされて、オレを説き伏せに来たのか？」

「いえいえ。ですが、誘われてはおりますよ。貴方を鳥取砂丘に誘い込むから、私を餌にしたいそうです」

「ああん？　なぜオレに話す？」

「問われたことに答えたまでです」

「伊和大神に逆らうか」

「おや。私が心配ですか？」

「馬鹿な。嘲《あざけ》っているだけだ」

「か弱い人の身を哀れむなら、文通録をお渡しください。私共は、さっさとあれを取り戻し、厄介事から逃げ出したいのです」

「黙れ。口をつぐんで引き下がれ」

私はイチさんの横顔をみつめる。

この神は並々ならぬ力を持ちながら、瞳には常に苛立ちが映る。その理由の推測を、私は速やかに放棄した。なぜなら私はこの神に、憐情を抱ける立場にはないからだ。

私がどれほど生意気に振る舞おうが、イチさんが真に怒《いか》ることはないだろう。嘲笑しようが罵ろうが、彼は上辺であれこれ言うばかりで、その実捨て置かれるだろう。けれど、もしも私が的外れな愛情を向けたなら、この神は激高するのではないか。

私は夜風に身震いをして、冷たい岩から腰を上げる。

けれど部屋に引き返す前に、もう一度だけ彼に尋ねた。

「なぜ、文通録にこだわるのですか？」

イチさんはゲームの画面をみつめたまま答える。

「これと同じだ。どれほどつまらぬ事であれ、始めてしまえば止められぬ。神とは、負けず嫌いなものである」

そうだろうか。彼はむしろ、敗北を求めているようでもある。彼の手元のゲームのように、自らの失敗に苛立つことにこそ、喜びを見出しているようでもある。

「なんであれ、文通録は返して頂きます。必ず祥子が貴方のもとに参上するでしょう」

「あいつの身が心配か？」

「いえ。まさか」

空はもうすっかり暮れていた。

メリークリスマスと告げて、私は神の前から立ち去った。


部屋に戻ってみれば、スマートフォンに祥子からのメッセージが届いていた。

——ごはんの時間だ！

その一文に店の名前が続いている。

私は「ただちに参上致します」と返信し、身支度を整えて宿を出た。

城崎の真ん中を流れる大谿川《おおたにがわ》沿いをぽてぽて歩き、向かったのは地ビールを売りにするレストランである。お手頃価格で但馬牛《たじまぎゅう》が食べられるそうで、出発の前から目をつけていた。

クリスマスツリーが煌《きら》めく店内に足を踏み込むと、壁沿いのソファー席に祥子の姿があった。テーブルには疲れた様子のカコさんと共に、目当ての但馬牛のタタキや海鮮を使ったサラダ、ソーセージの盛り合わせに二枚のピザといった、なかなかのボリュームの料理が並んでいる。

私の姿をみつけた祥子が、にったりと笑ってみせた。

「ごめんね、先に注文しちゃって。乾杯はまだだから」

「いえ。それはまったくかまいませんが――」私は彼女の隣に腰を下ろし、向かいの席に目を向ける。「きな臭いメンバーが揃っておりますね」

そちらには見知った男たちが並んでいる。左から、浮島龍之介、ノージー・ピースウッド、和谷雅人の三人である。

左端の浮島さんが、メニューをこちらに差し出した。

「やあ岡田さん、再会できて嬉しいよ。さあ、ドリンクを選んで。でもアルコールは一杯だけだよ。後ろの予定に差し支えるといけない」

事のあらましは想像がつくが、私は一応、祥子に尋ねる。

「これはいったい、なんの集まりです?」

「泥棒サンタの決起集会」

「サンタ?」

「今夜、杏の枕元に文通録を置く為に、みんなわざわざ城崎まできてくれたわけよ」

「なるほど。靴下の用意を忘れていましたね」

私はひとまず納得し、メニューに載っている四種の地ビールに目を落とす。けれどその紹介文の熟読を遮って、和谷さんが不満げな声を上げた。

「あの。ちょっと待ってください。私はいくらか取り分をいただけると聞いて――。ボランティアで盗みなんてしませんよ!」

祥子が私の隣から、同じメニューを覗き込みながら答える。

「じゃあ文通録をばらして配る?」

「なんてことを言うんですか!」

「冗談だよ、杏の本だし。でも役割がはっきりしないと、フェアな分け前も決められないでしょ」

これに口を挟んだのは、テーブルの上のカコさんだ。

「やはり神から盗みを働くなど、思いとどまってはいかがです?」

議論が紛糾しそうな様子だが、ともかく酒場に着いたからには、店のルールに従うのが筋だろう。私が手を挙げて店員を呼ぶと、各々が地ビールを注文した。

店員が立ち去るのを見届けてから、ノージーさんがおずおずと発言する。

「あの。役割といっても、僕にできることなんてそうありませんよ」

対する祥子が、軽い調子で言った。

「ノージーさんは歌えるでしょ」

「歌ってなんになるんですか？」

「神さまと仲良くなれるよ。私、経験者だもん」

そんな馬鹿なとぼやくノージーさんの隣で、浮島さんがサラダを取り分けながら微笑んだ。

「聞いたよ、岡田さん。君は千年も生きているんだって？」

「生きたり死んだり生まれ変わったりですね」

「君が文通録を欲する理由、しっかりと了解した。なんといっても千年ぶんの想いだ。ぜひ取り返してあげたいね」

この男の笑み、常にあまりに朗らかで、詐欺師のものにみえて仕方ない。

私の方も慣れた作り笑いで「ありがとうございます」と応えると、彼は続ける。

「向こうには、ずいぶんな賢神がいるそうだが――なに、心配いらない。ノージー君は音楽の、和谷さんは古書の、そして守橋さんは泥棒の専門的な知識を持つ。これだけ素晴らしいメンバーが集まったんだ。オレたちには、なんだってできる」

「ほう。具体的には、どうします？」

「それはこれから考える。オレは、盗み屋さんの意見を伺いたいね」

水を向けられた祥子が、小皿へと移し替えられ空になったサラダ皿を脇にどけながら答えた。

「大雑把なプランはあるよ。まずは――」

と、祥子が語り始めた計画は、たしかに大雑把なものだった。

私がノージーさんと浮島さんを引き連れて神々の注意を引き、その隙に和谷さんが客室を漁って文通録を盗み出す。これだけですべてである。

話を聞いた和谷さんが、甲高い声を上げた。

「私が実行犯？　それは、いちばん危険なのでは！」

これに隣のノージーさんが「僕だって危険ですよ！　神の注意を引くなんて、事がばれたらいの一番に捕まります！」と応じる。そのままふたりはいかに自分が危険であるか、こういった荒事に不慣れであるかを競うディベート勝負を開戦した。

一方で浮島さんも、向かいの祥子と二人組を作る。

「で？　本職の泥棒である君はなにをする？」

「ぼーっとする」

「へえ。ぼーっと」

「文通録が欲しいなーと思いながら、そのへんにぼーっと立ってる」

「その心は？」

「だってあっちの神さまはずいぶん賢いらしいから、私たちがあれこれ考えても、きっとすぐにばれちゃうでしょ。なら計画は雑に適当に。あとはその場のノリと閃《ひらめ》きで、野性的にやってみる」

なかなかに無茶苦茶な言い分である。

これを聞いたノージーさんと和谷さんは、ただちに不毛なディベートを切り上げて手を取り合い、「もっとちゃんと考えましょうよ！」「本職がいちばんの危険を引き受けるべきだ！」と反論する。テーブルの片隅で不貞腐れていたカコさんまで、「そもそも計画の中止を考えては！」と乗ってくる。

けれど浮島さんだけは、豪快に笑ってみせた。

「なるほど。神の前で、賽《さい》を振るというわけか」

「うん。どれだけ賢い神さまにも読みようのない好機をつかんでみせるよ」

「素晴らしい。ならオレは、君のその自信に賭けよう」

このふたり、常識の届かない次元で気軽に通じ合うから危険である。

とはいえ私は祥子の考えに口を出すつもりがない。ちょうどビールが運ばれてきたのをみて、強引に話をまとめた。

「では計画が決まったところで、乾杯に致しましょう」

無論、ノージーさんと和谷さんの気弱組には、多大な反論があるだろう。けれど飲みの席での一杯目のビールは大抵の事情を超越し、優先順位のトップに躍り出るものだ。各々が各々の顔つきでグラスを手に取り、浮島さんの「メリークリスマス！」の音頭に合わせてそれを掲げる。

ぐびりとビールを飲み下した祥子が、鼻の下に白い髭をつけて言った。

「ところでもうひとつ、今夜のメインテーマになりそうな話があるんだけど」

これに、「へえ。なんだい？」と浮島さんが応じる。

祥子は純真な好奇が溢れた笑みを私に向けた。

「杏の恋バナ」

けれど私の方は、それどころではない。乾杯によって「待て」が解除された今、この瞳が映すのは但馬牛のタタキのみである。「聞いて面白いものでもありませんよ」と答えながら目当ての肉の一切れに箸を伸ばすが、祥子はまだ引き下がらない。

「でもさ、杏の恋人の生まれ変わりが、この中にいるんでしょ？　イチさんだってその人を気にしているだろうから、誰なのか知っておいた方がいいじゃない」

「けれど話したくないのです」

「そっか」

じゃあ仕方ないねと祥子が答える。無理強いする話でもないと考えたのだろう。

おかげで私は但馬牛のタタキにありつけたが、間もなく浮島さんが追撃した。

「とはいえオレたちは、神さまを相手取って文通録を盗み出す予定だ。こちらは分け前が目当てなのだから、君に恩を売るつもりはないが、思わぬ情報が価値を持つこともあるだろう。話せる範囲でいいんだ。なにか教えてくれないかい？」

私は口の中に残る但馬牛の余韻を、ビールでぐいっと身体の奥深くへと流し込む。

「たとえば、なにが聞きたいのです？」

「そうだね。では、君とその恋人との出会いなど」

「まあ、それくらいでしたら」

私が秘匿したいのは、相手の生まれ変わりの正体だけであり、その他は別段隠すようなことでもない。古臭い恋だの愛だのをいまさら引っ張り出すのは気恥ずかしいが、その恥もまた酒の肴にするとしよう。

「では、あちらの都合などは伝聞やら推測やらが交りますが——長い閑話をご容赦ください」

千年前の平安の世で、私たちの身に起こったのは、だいたいこういうことである。

花見の約束と三日《みか》夜餅《よのもち》の話

およそ千年前、女は播磨国の郡司の家に生まれた豪胆な深窓の令嬢で、男は中流貴族の嫡男でありながら煩わしい権力争いの放棄を目論んで出家した悟る気のない坊主だった。

ふたりは秋が深まるころ、葉を落とす桜の木の下で出会った。陽がようやく山際を離れた早朝だった。寺に入ったばかりの男は石畳を掃き清めていたが、集めたばかりの枯れ葉が風で散り、それをみた女が「お手伝いしましょうか」と声をかけたのが始まりだ。

女は頭に載った大きな笠を指してみせる。

「ほら、ここにちょうど良い入れ物がございます。気ままな風が吹く前に、掃いた葉をこれに集めて運びましょう」

男は困り顔で笑い、「いえ結構」と答える。

「文も交わさず歌も詠まず、お顔を拝見するわけにはいきません」

女の笠からは顔隠しの絹が垂れていた。男が生まれ育った京の貴族の習いでは、女が異性に顔を晒すのは求婚を受け入れる意思ありとの意味になる。

女はくすりと笑って答えた。

「なにも子細はございません。私がこの手で笠を外すのですから、そちらの方で振ってくだされば」

「いや、そんな」

「だいたいこの辺りじゃあ、他に顔を隠して歩くような女はおりません。お父さまが京にかぶれて、つまらない真似事をさせているだけです」

「けれど、そうは言っても」

「私の顔なんてものは、隠し甲斐があるものでもないのです。ご覧になったところで四、五日もすれば、すっかり忘れてしまうでしょう」

女は頭の笠を重たげに外し、ほらねと笑ってみせる。

その顔を、男は千年先にも思い出すことになる。とはいえこのときはまだ、自身の命がその形を変えながら死さえも乗り越えて長々と続くなんて知る由もなかった。

男は剃ったばかりの頭をしゅるしゅると撫でて答える。

「ですが、困るのです」

「私の顔が、そんなに迷惑?」

「いえ、そのうつくしいお顔ではなく」

「ではなんです？」

「葉が集まると、次は拭き掃除です。けれどそろそろ朝夕は水が冷たくて、もう少し日が高くなるまで粘りたい」

「まさか、それで葉を風に任せて？」

男が曖昧に頷くと、女はさすがに目を丸くした。

「お坊さまのくせになんて横着！」

これに男は、平然と返す。

「和尚さまには、日々の暮らしが是《これ》すべて修行であると教えられております。ですから横着もまた修行のうち」

「でもそれで悟れるの？」

「悟ろうなんてのは煩悩ですよ。私はその煩悩を、仏門に入る前に捨てました」

まあ立派、と女は笑う。

「じゃあこうしましょう。半分は葉を集めて焚いてしまって、もう半分は風の吹くまま」

「貴女はどうしても、私に掃除をさせたいようですね」

「だってこれから裏の山で、栗を拾うつもりなの。でも火がなければ、食べられたものではないでしょう？」

しばし考え、男は言った。

「その栗、私もご一緒しても？」

女の方はにっこり微笑んで、「もちろん。これもなにかのご縁」と答えた。

それから女は足繁く寺に通い、毎日のように男に会った。その裏には恋やら愛やら焼いた栗やらより、ずっと切実な理由がある。女には外を出歩く自由がなく、どうにか許されたのが氏神への参拝だけだったのだ。

けれど女は、頭上に空があり足で土を踏み草花の匂いを嗅ぎながら風に流されてあちらこちらにうろちょろすることを自身の生き方と決めていた。そこで毎朝「神さまにご挨拶して参ります」と言って屋敷を飛び出したが、世では神仏習合が進んでおり、女の家の氏神も最寄りの社は寺の境内の片隅にこぢんまりと設《しつら》えられていた。女が神を拝むなら、ついでに男の顔も拝むことになったのだ。

とはいえ女と男を繋ぐ縁に、なんの色もなかったわけでもない。冷たく澄んだ空気に雪がちらつき始めるころには、ふたりは会う度に文を交わす仲になっていた。女は歌を詠むのが上手く、男は京暮らしで目端に留めた「これは」という名文を我が物顔で差し出して応戦した。ふたりは性質がよく似ており、共にこの時代には珍しい、自由恋愛というものに妙味を覚えていたのだ。

アイラブユーという言葉がない時代——

「春になれば、この桜に咲く花を見物致しましょう」

そうふたりは約束した。

瀬戸内の暖かな気候でも脛《すね》が埋まる程には降り積もった雪が解け、寺の前の通りの桜が蕾をぷっくりさせたころ、女は急な求婚を受けた。残念なことに、相手は悟る気がない坊主ではない。それどころか人でもなかった。女に懸想したのは、白く立派な一匹の大蛇である。

早春の朝、屋敷と寺とのあいだを割くように流れる川に架かった橋を女が渡っていたとき、片手にぴしゃりと水がかかった。みると川面から巨大な柱が立ち上がっている。その柱がぐらんと折れて倒れ込んだかと思うと、蛸の足に似た動きで女の身体に巻きついた。気がつくと笠から垂れた顔隠しの絹の中に、大蛇の鼻先が潜り込んでいる。

朽ちた樹の幹の割れ目のような口がぱっくり開き、女は「ぎゃあ」と叫び声を上げた。その眼前で、赤い舌がちろちろ揺れる。

「我は播磨五川の神である。一帯の水と田とを司り、山の恵みにも口を出す」

女は下手な愛想笑いを浮かべる。

「まあ。それはお世話になっております」

相手が神だというのであれば、ぬらりと湿る鱗が気持ち悪いとも言いづらい。

「我は己が気に入った。黒い眼は夜空のようで、白い頬はユリに似る」

「ヒトはだいたい、そんなものです」

「今晩己を嫁に取る。良いな？　良いだろ。良いと答えろ。さもなくば己をひと呑みにし、怒りに任せて川を氾濫させよう。そののちに田を干上がらせる」

「なるほど。お断り致します」

女は笑ったままだが、胸の内ではむっとしていた。神のあまりに一方的な言い分にむらむらと反骨精神が立ち上がっていたのだ。

蛇神がわずかに顔を引く。

「我が神だと信じていないな？」

「いいえ。蛇は霊力を持つと聞きます」

「では神の力を信じていないな？」

「神の力など知りませんが、その大きなお口であれば、私を容易《たやす》く呑めるでしょう」

「ならば死ぬのが怖くないのか？」

「怖いは怖いはずですが、実のところ苛立って、どうにも怖さが紛れます」

「どうしてそんなに苛立っている？」

「だって、こんな、言葉も交わさぬうちに身勝手に抱きしめて」

「ううん。けれど我は神なのだぞ？」

「人でも神でも男も女も、礼節を忘れてはなりません」

蛇神はしばし考え込んだが、どうにも言葉がみつからない。ならば実力行使だと、顔を突き出して「しゃあ！」と威嚇してみせると、それに女は「がお！」と叫んで応えた。

蛇神が本当に恋に落ちたのは、実のところこのときだった。これまで人と顔を突き合わせても、畏れ崇められるばかりでまともな話になった例しがない。この女も震えながら首肯《しゅこう》するものだとばかり思っており、こんな風に神をなめた態度は想像もしなかった。しかし女に叱られ、威嚇されてみると、なんだか妙に心地よい。一方、そのぽんわりと温かな気持ちの出所が、蛇神自身には判然としない。

「わかった。己に三日やろう。そのあいだによく考えろ」

どうにかこう言ってみたものの、時間を欲していたのは蛇神の方だった。女を諦めたくはなかったが、話を続けるのも恥ずかしく、早く何処かへ逃げ出してしまいたい。

「もしも我を振ったなら、己の命はないと知れ！」

そう言い残し、蛇神の姿がぐにゃりと歪む。わずかに輪郭が膨らんだかと思えば、ぱんと弾けて飛び散って、残ったのは藻の臭いのする水だけだ。

女はびしょ濡れになりながらその場に座り込む。強がってみせたものの、ずいぶん前から腰が抜けていた。

この話を聞いた男は、「どうしたものでしょうね」と考えるふりをした。けれどそれはふりだけで、胸の内では身の振り方を決めていた。

男と女は心根がよく似ていた。共に顔つきは穏やかだが、その皮の下には生粋の意地っ張りの血が流れており、とくに筋違いの話を押しつけられるのは我慢ならない性質《たち》だった。

だいたい男の方は、貴族社会の上の者よりはまだしも仏の方が逆らっても実害がなさそうだということで出家を決めたほどなのだ。

「それでは今日から三夜、貴女のもとに通いましょう」

「どうして？」

「貴女のお父さまは、京の作法をお好みのようですから。貴女にその気がおありなら、餅の用意をお願いします」

三日夜餅というしきたりがある。婚嫁《こんか》の際、男は三夜続けて女の寝所に通い、三日目に小さな餅を食う。女は自家の火で作った食い物を与えることで男を同族とし、婿を捕らえる意味を持つ。

「けれど神さまが邪魔をするでしょう？」

「させておけば良いのです。神にどれほどのことができるものなのか、こちらが試してやりましょう」

「それはまた、命知らずな」

「なに。神を振る貴女ほどじゃない」

どっちもどっちだと女は思った。神を振るのも、神が狙う女に手を出すのも。けれど彼からの求婚に否やはない。

「無上のお餅をご用意します」

そう女は答えた。

一夜目、女の屋敷の周りでは、大嵐が吹き荒れた。木々は冬を越しようやく萌えた葉を失い、屋根に葺《ふ》いた板は剝がれ飛び、庭の石灯籠も倒れて割れた。その風は外に顔を出せば息をするのも難しいほどで、豪雨は地を半寸も穿《うが》つ勢いだった。男は暴れる川を泳ぎ切ったような有様で女の寝所に辿り着き、額に瑞々しい葉を張りつけたまま倒れ込んで眠った。

二夜目は雷が加わった。その光は夜を白々と照らし、その音は神が駄々をこねるようだった。雷で木が裂け、岩が砕けた。昨夜からさらに勢いを増した雨がなければ、あちこちで火事が起きていただろう。寝所に訪れた男は着物の袖を焦がしており、寒さが理由か怖さが理由か、眠りに落ちても小刻みに震えていた。

そして三夜目、ついに男は現れなかった。女は用意した小餅を香壺《こうご》の箱に入れて待っていたが、夜半に「これはおかしい」と考えた。屋敷の外は妙に静かだ。嵐も雷も雲さえもなく、上弦《こうべ》の月が穏やかに照っていた。

男が諦め、神に首を垂れたのだろうか。それで神は彼を許し、嵐や雷を止めたのだろうか。それならばそれで別に良い。けれどももし、男が意地を通していたらどうだろう。すでに神は、彼を丸呑みにしてしまったかもしれない。

女は屋敷を飛び出した。

男はまだ生きていた。女が蛇神に出会ったあの川辺に立っていた。どこにも怪我はなさそうだ。

けれど川の様子が異様だった。轟々《ごうごう》と音をたてて荒ぶり、橋を砕いて大地を削り、しかもその流れはとぐろを巻いている。大蛇のように、いや龍のように、猛《たけ》る川が男を取り巻いている。

女の姿をみつけると、男は叫んだ。

「これは、お待たせいたしました！　ただいまそちらに向かいます！」

どうやって、と女は叫び返す。川幅は広く、しかも男のぐるりを取り囲んでいる。回り道どころか引き返すことも叶わない。

男は答える。

「跳びます」

「跳べるの？」

「さあ。できるように思うのだけど」

その言葉に嘘はなかった。男には対岸が妙に近くみえていた。川面に映った月光は、女への道を指し示すようだった。男は短い助走ののち、「やあ！」と叫んで地を蹴った。女に向かって、手を伸ばして。

宙に舞った男の身は、対岸には届かなかった。あっけなく水没した。けれどその手をつかむものがあった。

男の跳躍をみて「落ちる」と悟った女の方も、咄嗟に地を蹴っていたのだ。

暴流の中で抱きしめ合ったふたりは、体を振り回されて上も下もわからないまま、顔と顔とを寄せ合った。女はその口に小さな餅をくわえていた。男はそれを口で迎えて、三日夜餅を受け入れた。


「それから？　それから？」

祥子が無邪気に先を促すが、これといった続きはない。

「私たちが死にゆく中で、イチさんがうだうだと文句をつけてきて、それから転生が始まったのですよ。――と、この辺りでご容赦ください」

なにせひとりで喋ってばかりでは、料理を楽しむ暇がない。

ふむ、と祥子が頷いて、向かいの三人に目を向ける。

「さてこの中で、今の話にぴんときた人は？」

どうやら彼女はまだ、生まれ変わり探しを諦めてはいないようだ。

とはいえノージーさんと和谷さんは困り顔を浮かべるばかりで口を開かない。おそらく常識人の側に立つこのふたりは、カコさんを目にしてもまだ、転生がどうのといった話を頭から信じてはいないのだろう。よってただひとりだけ、私の荒唐無稽な事情を受け入れているらしい浮島さんが答える。

「今のところ、思い当たるところはないけどね。岡田さんが身に受けた呪いの解決法は思いついたよ」

これに当然、祥子が食いつく。

「ほんと？　どうするの？」

「男は女の生まれ変わりを愛したとたんに輪廻の記憶を思い出し、女は男の生まれ変わりを愛したとたんにそれを忘れる。——なら、岡田さんは運命の相手を愛さないまま、その相手だけが岡田さんを愛すればいいというわけだ。これでふたり共が過去の記憶を取り戻したままになる」

「ああ。うん。そりゃそうだけど——」祥子は腕を組み、生真面目な表情でぼやく。「でもさ、それってなんかずれてない？　だってゴールは別に、ふたりが記憶を取り戻すことじゃないでしょ？　愛し合ってる方がいいじゃん」

祥子の言葉に、浮島さんが首を傾げた。

「岡田さんは恋人が誰に転生しているのか、すでに知っているんだね？」

そう問いかけられたが、ちょうど私はナポリピザを頬張ったところである。すでに冷めかけ、チーズは柔軟性を失っているが、生地がもちっとしていて美味い。

口をもぐもぐしながら頷くと、浮島さんが続ける。

「生まれ変わった相手を知ってもまだ、岡田さんに記憶が残っているのだから、つまりその人を好いてはいないということだ。なのに、周りが愛し合えと強要するのはへんだろう？」

「でも私はなんとなく、杏はその人が大好きな気がするんだけどな」

「それじゃあルールに矛盾するよ」

「わかってるんだけど、なんとなく」

まだ納得がいかない様子の祥子の隣で、私はこの隙に料理を堪能しようと、ソーセージに噛みついた。強めの塩気がビールにちょうどよく、噛めば甘い脂が弾けて美味い。

やがて、考え込むのに飽きたのだろう、祥子が残りのビールを飲み干した。

「じゃあとりあえず、みんなで杏を愛してみる？」

「オレはもう試しているよ。ぜひ前世の記憶を呼び起こしてみたいからね」

なんとも雑な愛である。

この無益な話、私はさっさと切り上げたかったが、和谷さんまで口を挟む。

「けれど私と岡田さんでは、ずいぶん歳が離れています。色恋は問題では？」

「歳の差はどうでもいいでしょ。杏は千年ぶんも記憶があるんだし」そう答えた祥子が、寡黙なひとりに目を向ける。「ノージーさんは？　まだ杏を愛してない？」

彼だけはこちら側であり、おそらくやんわり否定するだろう。――私は海鮮サラダを口に詰め込みながらそう期待したが、ノージーさんはなかなかの爆弾発言で答える。

「僕は、守橋さんの方がタイプです」

浮島さんと和谷さん、ついでに私が慄《おのの》く中、当の本人である祥子は余裕の笑みを浮かべている。

「お？　告白？」

「ああ、いえ！　まだそこまででは！」

「そっか。ちなみに私は今のところ、恋人を作る気はないから、告白するならもう二、三年後がオススメだよ」

「あ、はい。覚えておきます」

口の中身を飲み下した私は、上辺だけは遠慮がちに発言する。

「すみません。料理の追加を注文しても良いですか？」

私のすでに決着している恋の話など、掘り返しても価値はない。それより旅先での夜は土地のものに舌鼓を打つに限る。美味とは常に、幸福なのだ。


食うだけ食ったがアルコールはビール一杯に留めたから、そう時間は経っていない。店を出たのは、午後七時になる頃である。

私は四《し》所《しょ》神社に顔を出し、おみくじを三度引き直してから宵待亭に戻った。今夜はオモイカネさんが主催するクリスマスイブの宴があるそうだ。そこにノージーさん、浮島さんと共に乗り込み、注意を引く役を仰せつかっている。

「さあ、ショータイムの始まりだ」

浮島さんがずかずかと廊下の先へと進み、目当ての部屋の戸を開いた。彼の大きな背中に隠れて、ギターケースを抱えたノージーさんが震えている。

部屋には料理が並び、神連中が顔を揃えている。カコさんから聞いた通りの四柱――イチさん、オモイカネさん、湯山主神、下照姫に加え、数々の小神たちが集められているようだ。二〇畳ほどの一室が、神と膳とで満杯だった。

上座に座ったイチさんが、「なんだ？」と凄みを利かせた声と共に、蛇の瞳をぎょろりとこちらに向ける。

対する浮島さんは、軽やかに膝をついて平伏した。

「これはこれは、畏れ多き神々の皆様。憚《はばか》りながら申し上げます。私、英城《あき》郡に暮らす浮島龍之介と申します。今宵は厚かましくも皆様に――」

頭を低くしたまま発する浮島さんの声は、朗々と響く見事なものだった。

けれどこれを、イチさんが切り捨てる。

「黙れ。耳障りだ」

神にこう言われては、さすがの浮島さんもぴたりと言葉を止めてしまう。――かのように思われたが、彼は真下の畳をみつめたまま、すっと息を吸って続けた。

「今宵は厚かましくも皆さまに、失せ物を見出すご利益を賜りたいと考え参上致しました。中でも湯山主神におかれましては、真に有難いご神託を下さいましたので、こうして宴の場に押しかけた次第でございます」

応えたのは、イチさんの隣に座った赤ら顔の大男――湯山主神である。彼は高い鼻を浮島さんに向け、酒焼けのような掠《かす》れ声を出す。

「まるで覚えがないな。神託とは、なんのことだ？」

「はい。この通り」

浮島さんは頭を垂れたまま、片手を横に伸ばして私を指す。

私はダッフルコートのポケットから薄い紙を取り出して告げた。

「先ほど、湯山主神を祀る四所神社で願掛けの後におみくじを引かせて頂いたところ、なんと運勢は大吉であり、失せ物には『出る』とありました。この有難きお言葉のご利益、さっそく頂戴致します」

真面目を装って話しながらも、つい失笑しそうになる。おみくじを掲げて「神託であるから書かれている通りにしろ」と迫るのは、我ながら恥知らずこの上ない。神といえども思いもしない言い掛かりだろう。

湯山主神の方も怒ったものか呆れたものか、困った様子で頭を掻いている。

「ああ、いや。そう言われてもな。――まあ、良い。失せ物とはなんだ？」

浮島さんが身を起こし、覇気に満ちた声で応える。

「こちらの岡田杏がその想い人と共に古より記し続けてきた、徒名草文通録という名の書でございます」

面白げに成り行きを見守っていた小神たちが、これを聞いてざわめく。今宵の宴はイチさん籠絡の為のものであり、そして文通録こそが、イチさんが封じられていた書であると知っているのだろう。

けれどそのざわめきは、イチさんの言葉で消え去った。

「騒ぐな」彼はくっと盃をあおって続ける。「あれはオレが奪ったのだ。然るに、失せ物ではなく盗品である。さてこの中に、オレの盗みを裁こうという神がいるか？」

堂々たる開き直りである。

彼の言葉、馬鹿げているようで、実のところ反論が難しい。神とはなんらかの形で自身の性質に依存するものだ。縁結びの神は色恋を蔑ろにできず、息災の神は疫病を蔑ろにできない。しかし私が知る限りにおいて、この国の神々は盗みに緩い。だいたいが悪を裁く思想は仏の教えに由《よ》るところが大きく、神々の方は問題が起きても「困ったねえ」と寄り合ってばかりである。

けれど神の中に一柱、声を上げる者がいた。

「では、僕は有罪に一票」

癖の強い髪をもっさり伸ばした、神々の中でただひとりスーツを着た黒縁眼鏡の男――件の賢神、オモイカネさんである。

彼は手にしていた赤筒の煙管を煙草盆でかんとやり、リズム良く続ける。

「僕は智の神であり、人の法とは学問の結晶。よって盗みは蔑ろにできません。それになにより今夜のパーティー、主催するのはこの僕です。こういった宴のプロデュースには自信があったのですが、どうにも盛り上がりに欠けていけない。ちょうどテコ入れを考えていたところです」

ふん、とイチさんが鼻で笑う。

「ではこれから、オレとお前でやり合うか？」

「いえいえ、まさか。腕力でこの僕が、貴方に敵《かな》うはずがない」

「なら口を噤《つぐ》んでおけよ」

「ええ、間もなくそう致します。ですが、もう少しだけ。この地は城崎であり、文通録は伊和大神の氏子のものです。であれば、貴方よりも先に口を開くべき神がいる」オモイカネさんは煙管で順に湯山主神、下照姫を指す。「城崎の氏神と、彼女の氏神。まずはこの二柱の考えを聞くのが筋でしょう」

これまで黙り込んでいた下照姫が、不快そうに顔をしかめる。

「なにを企んでいるのか知りませんが、私を巻き込まないでくれる？」

余談だが、下照姫はオモイカネさんを嫌っている。過去にあれこれあるのである。

オモイカネさんは彼女の言葉を、肩をすくめてやり過ごし、湯山主神に水を向ける。

「さて、どう致します？　客人の言い分は貴方の神社のおみくじです。ならば、まずは貴方から考えを示すべきでしょう」

湯山主神は、苦笑を浮かべて長い鼻を賢神に向ける。

「そういう貴方は、どう考える？　高天原の相談役だろう」

「そうですねぇ。神は神社を参った者の祈りに耳を傾けて然るもの。けれどおみくじ一枚で神恵を得ようというのは、さすがにどうにも強引です」

「うん。誠に、同感である」

「ですから、奉納を競わせてはどうでしょう？」

浮島さんが驚いた様子で、「奉納」とつぶやいた。

実はこちらが用意していた手も、その奉納だったのだ。裏でこそこそと動いている和谷さんが文通録をみつけだすまで神々の注意を惹きたい私たちは、浮島さんが口八丁で神々を丸め込み、「おみくじで不足なら」とノージーさんの歌を納めるつもりでいた。

――これはオモイカネさん、私たちの思惑を見通しているのでは？

察した上でこちらが用意した筋道に、周囲の神々を乗せようとしている風でもある。

オモイカネさんが話をまとめる。

「どんな芸でもかまいません。この者たちに余興をやらせ、神の御眼鏡に適えば失せ物をみつけてやる。そうでなければ、捨て置けばいい。このように演者に賭けるものがあれば、観る方も盛り上がりましょう」

彼の言葉に小神たちが「いいぞ！」「やれ！　やれ！」と騒ぎだす。彼らにとっては文通録の因縁など他人事であり、酒の肴になればなんでも良いのだろう。

けれどこの流れ、イチさんが許すはずがない。――私はそう考えていたが、奇妙なことに彼は黙り込み、つまらなそうに酒を飲むばかりだ。思えば先ほど庭で会ったときから、どうにもイチさんに元気がない。

一方、人の側では浮島さんが立ち上がって両手を広げ、高々と宣言した。

「ご機会を頂き、誠に有難うございます！　私共、出し惜しみは致しません。一番手は数々の新人賞を総なめにしたポップミュージック界の雄、ノージー・ピースウッドの歌唱をご覧に入れましょう！」

これに小神たちが、「おお！」と感嘆で答える。「まじで？　プロなの？」「オレ知ってるよ。テレビに出てたよ」と、反応は上々だ。

無論、ノージーさんは本職であるから、まずまず歌が上手いだろう。けれど彼は、筋金入りの弱腰だ。いかに二〇畳の宴会場が舞台といえども、客席を埋めるのが神であれば、身体が震えもするはずだ。

「大丈夫ですか？」

私が小声で気遣うと、彼はギターケースを開きながら、弱々しくも笑ってみせた。

「最近じゃあ、ステージに立つたびに感じていることがあるんだ」

「ほう。なんと？」

「お客さまは、神さまです」

部屋の奥ではオモイカネさんが、てきぱきとカラオケセットを用意している。

ノージーさんは、「普段通りにやってくるよ」と囁いて、そのマイクへと向かった。

彼がアコースティックギター一本で披露した「タートルバット」は圧巻だった。

上手いとか、下手とかいった言葉が基準にはなりようがない。ひたすらに完成されている。声もギターも音が強く安定しており、空気の振動がそのまま胸を打つ。愚直な歌だと感じた。それ故に美しい歌だった。

私は彼の曲に、真新しさより懐かしさを感じた。彼の「タートルバット」は、たしかに「雪花夢見節」によく似ていた。中ほどまで、音の運びはほとんど同じだろう。ただしノージーさんの演奏は後半にメロディの変調――いわゆるＣメロがあり、その部分だけはオリジナルだ。

最後の音が空中で砂糖菓子の余韻のように消えたのち、小神たちが喝采する。湯山主神も楽しげに、ぱちぱちと手を叩いている。

私はじっと下照姫をみつめていた。音楽の神でもある彼女が、「タートルバット」をどう評するのか聞いてみたかった。

その下照姫は、盃を傾けながら楽しげに告げる。

「いいわねぇ。今の子たちは、音楽が上手いわ」

なんだか肩透かしである。けなしてはいないが、絶賛という感じでもない。

すかさず浮島さんが追いすがった。

「いかがでしょう？　文通録の裁定、ぜひ私共に一票を」

ううん、と下照姫が顔をしかめる。

「実のところ、私は父の代理でここに座っているだけなのです。ですから事の成り行きに、口を挟むつもりはないのだけど――」

彼女の言葉を遮って、私は口を開く。

「無論、立場はあるでしょう。ですがノージーさんの演奏の良し悪しを評することはできるはず」

「評を聞いてどうするの?」

「別にどうもしませんよ。ですが、聞いてみたいのです」

私たちも、ノージーさんの歌に感動した神々が「よし褒美を取らそう」と文通録を寄越すとは考えていない。こんなものは時間稼ぎだ。だが一方で、ひとりの人間が生涯を懸けた曲の奉納でもある。

下照姫は笑顔を引っ込め、ノージーさんに目を向けた。

「お上手ですよ。本当に。ですが、無暗《むやみ》に敵を作っています」

これにノージーさんが困り顔を浮かべ、聞き取りづらく震えた声で応える。

「敵、ですか」

「ええ。そして、であれば戦う相手が悪い」

「あの。戦う相手というのは?」

「もちろん、一〇〇年前の三味線です」

「では、やっぱり。この曲は、『雪花夢見節』の盗作ですか?」

「それは知りませんし、興味もありません。だいたい音楽とは、弾いて継がれてゆくものです。けれどもし、ふたつを比べろと言われたなら、歴然とした差があると答えざるを得ません」

ノージーさんの顔は、まっ白に変色していた。私はよく見なかったが、瞳には涙が溜まっていたかもしれない。彼は声をさらに小さくして言った。

「どう、差があるんですか？」

「そうね。背景が違います」

「背景」

「言葉で伝えられることではないけれど――」下照姫が、瞳をこちらに向ける。「杏、聴かせてあげたらどうですか？　よく知っている曲でしょう」

私はふっと息を吐き出す。

無論、よく知っている。けれど。

「あの曲はもう、誰にも弾けません」

それは悲劇ではなく、むしろ幸福な顚末として。

真の形での「雪花夢見節」は、もうどこにも存在しない。

盲目の三味線弾きと山犬の話

およそ一〇〇年前、女は東北に生まれた盲目の三味線弾きで、男は群からはぐれた一匹の山犬だった。

女が生まれた家は古くから続く土地持ちで、生活には困っていなかった。よって、生後一年ほどで女の目がみえないとわかっても、殺されたり、捨てられたりはしなかった。けれど代わりに、納戸に閉じ込められた。偏見も迷信もまだ色濃く残っていた明治の世において、目が見えない子供は世間体が悪く、できる限り隠して育てられたのだ。

九〇〇年ぶんの記憶を持つ女は、その生活をまずまず気に入っていた。納戸は冬になると冷え込んだが、布団があるだけましだった。食事は質素で量も少なかったが、死なない程度の栄養は欠かさず口にできるのだから上出来だった。これまで繰り返してきた生涯の中では、ずいぶん良い部類である。

母はしばしば感情的に女をなじった。歳の離れた兄は機嫌が悪いと女を殴った。父は一貫して女を相手にしなかった。けれど女の方は、どんな風に扱われても平気な顔をしていた。まだ幼いのに泣きも叫びもせず、不満も顔に出さなかった。その様は、傍目には気味悪く、彼女への当たりはさらに強くなった。

七歳になる頃、女の日々に大きな変化が訪れる。母が突然、縫物やら料理やら礼儀作法やらを熱心に教えるようになったのだ。

この時代、目がみえない女が就ける仕事は限られていた。按摩師《あんま》か鍼師《はり》か、そうでなければ瞽女《ごぜ》と呼ばれる盲目の三味線弾きか。母は我が子を瞽女の弟子にしようと考えており、その話がまとまりつつあった。そこで、女を家から出すまでに、身の回りのあれこれを教え込もうとしたのだ。

女を前にした母は、いつも苛立っているようだった。錆びたノコギリが木を挽《ひ》く音のような、聞き取りづらいが耳に残る声で、「お前のせいで、兄ちゃんは嫁もみつからねぇ」「父ちゃんは家に客も呼べねぇ」と、愚痴ばかり並べた。

けれど母の教育は丁寧だった。瞽女は巡業で遠出をするから、その荷造りの仕方や山路の歩き方も、ひとつずつ女に教えて練習させた。女は初めからたいていのことを知っていたが、程よく間違え、程よく学ぶふりをした。

この母の教育が始まった頃から、兄に殴られることはなくなった。兄は女が家を出ると知り、安心したのだろう。「いつまでも私の世話をしなければならないのが不安で、暴力を振るっていたのだな」と、女は察した。

父は一貫して、女に無関心だった。けれど家を出る前の夜、はじめて女を呼んで、こう言い含めた。

「これからどれほど辛いことがあろうと、決して逃げてはいけないよ」

女は父の言葉の背景をよく知っていた。女の師匠となる瞽女に、父は何年ぶんもの稽古料と生活費を前払いし、さらには干支《えと》がひと回りするまでに弟子をやめることになれば、縁切り金を支払う約束まで交わしていた。もしも女が師匠の処から逃げ出せば、再びこの家で面倒をみなければならない上に金まで取られるのだから、父としてはどうしてもこの弟子入りを成功させたかったに違いない。

母や、父や、兄を、女は気に入っていた。誰ひとりとして、器用でも善良でもないが、とりたてて非難するほどでもない。母は口が悪いが、このさき女が困らぬよう、あれこれ丁寧に教えてくれた。兄は暴力的だが、その背景にはきっと、女の生涯を背負い続けなければならないという生真面目な葛藤があったのだろう。父から愛を感じたことはないが、それでも女を家から出す為に、まずまずの金を支払った。

——少し状況が違ったなら、私はもっと悲惨だっただろう。

そう女は考える。

こちらはまだ幼い子供なのだ。手っ取り早く縁を切りたければ、きゅっと首を絞めてから山にでも埋めればいい。なのに誰もが、女が生き延びることを考えた。なかなか良い時代の、良い家に生まれたものである。

「私は、何事からも逃げません」

そう女は答えた。

家を出て、三味線の稽古を始めた女は、間もなくその才能を開花させた。一年も経たないうちに数々の曲を弾きこなし、腕前は師匠と比べても遜色がないほどになっていた。瞽女は村々を回って三味線を弾くが、幼い子供が小さな身体で素晴らしい演奏をするものだから、各地で喝采を浴びた。

けれど師匠にしてみれば、これが面白くないようだった。「声が悪い」「とても聴けたもんじゃない」と、歌ばかりを責め立てた。

女の歌は、決して下手だったわけではない。一方で、三味線に合う声ではないのもたしかだった。まだ身体ができていないから、か細く、高すぎるのだ。

――まあ、歌はどうでも良いとして。

そう女は考えていた。問題は、各地で褒められる三味線の方である。

女は、自身に三味線の才能があるとは思っていなかった。ただ知識があっただけだ。何事であれ修練というのは、学び方を知っていれば効率よく進む。まったく関係がないような技術であれ、あるところで繋がり糧になることもある。九〇〇年ぶんもの記憶を持つ女が速く上達するのは当然だ。

――けれど、私の音は物足りない。

知識やら技術やらを超えたところから湧き上がるものがない。幼い子が大人の真似事をしているから褒められるのであり、このまま歳を取れば、やがてその他の大勢に紛れるだろう。

女は別に、優れた三味線弾きとして歴史に名を残したいわけでも、大金を手にしたいわけでもなかった。ただ三味線が、思いのほか面白く、この生涯で行けるところまで行ってみようと考えていた。

――もっと、もっと良い音を。私だけの音を。

女は三味線を弾き続けた。

実のところ師匠の方は、女をまともに育てるつもりがなかった。はじめから目的は、稽古料と縁切り金だったのだ。よって女が早々に逃げ出すよう、虐《いじ》めるだけ虐め抜いた。

この瞽女には他にも何人かの弟子がいたが、雑務はすべて女に押しつけ、少しでも疲れた様子をみせると棒で叩いて叱った。針仕事で寝る暇を奪い、風呂にも滅多に入れず、食事も女のぶんだけはごく僅かな残り物で済ませた。さらになにかと理由をつけて、その少ない食事さえ抜いた。

師匠の態度をみた弟子たちも、間もなく女を虐めるようになった。

それでも女が平気な顔をしているものだから、苛立ちばかりを募らせた。


やがて——五年ほど経った頃、女の人気が陰り始める。

三味線の腕前では周りに並ぶ者がいないほどだが、充分な食事が与えられていないせいで身体が育たず、歌が弱いままなのだ。師匠や姉弟子たちは、こぞって「お前には才能がない」と責めるようになった。

女にしてみれば、周囲の評価など知ったことではなかったが、歌を理由に三味線の持ち替えが許されないのには参った。皮張りは値が張るからと、女は紙張りの三味線を使わされていたが、やっぱりどうにも音が違う。

面倒な約束がなければ、女は早々に逃げ出していただろう。すでに巡業で金を稼ぐには充分な腕を持っていたし、遠方に移ればややこしい人間関係も解消するはずだ。けれど父には「何事からも逃げません」と約束してしまったし、この師匠に縁切り金をくれてやるのも癪《しやく》だった。ならば、紙張りの三味線で腕を磨く他にない。

一方、三味線の演奏に関しては、この時期に大きな変化があった。

盲目の三味線弾きは、女性であれば瞽女だが、男性であれば坊様《ぼさま》と呼ばれる。巡業先で知り合った坊様の三味線を聴いて、女は深く胸を打たれていた。その音はあまりに強く、速く、鮮明だった。

豪雨のような音を、気持ちを叩きつけるような奏法を、知る前に閃けなかったことが悔しかった。けれど一方で、それが自分には決して辿り着けない音だとわかってもいた。

坊様の三味線は、ただ一度だけの生涯が鳴らす音だった。真面目に苦しみ、悲しみ、日々に苛立つ人の音だった。よって、九〇〇年もの時間ですり減った女の心と感情で、到達できるものではない。だが手が届かないからこそ、その三味線に憧れた。

――なら私は、偽物でいい。

のちに津軽三味線と呼ばれる音に、女は取り憑かれた。

女と師匠との仲を決定的に壊したのは、この津軽三味線である。

女は自身の師匠を嫌っていたが、尊敬の念もあった。目が見えないまま各地を回って生きる瞽女の姿を、美しいと感じていた。女も目は見えないが、代わりに長い記憶がある。

赤と言われれば赤が思い浮かび、月と言われれば月が思い浮かぶ。

——その記憶さえ持たないまま光のない世界で生きるのは、どれほど特別なことだろう？

よって自身の師匠からどんなに辛い扱いを受けようが、「ま、仕方ないよね」と流していられた。

一方で師匠の方は、根が冷静な人だった。それまで女に強く当たってきた背景には、縁切り金という利益があった。妬《ねた》み嫉《そね》みもないではないが、大事なのは目がみえない身で生きる術《すべ》であり、それはつまり金だった。

けれど女の津軽三味線を聞いたとき、師匠は初めて感情で怒《いか》った。度を超えて女を叩き、棒を握った方の手まで皮が破れるほどだった。

師匠である自分も知らない音を、弟子が鳴らしたことが許せなかったのだ。まるで女の演奏は、これまで瞽女たちが受け継いできた三味線を否定するようだった。

幾度も棒で殴られながら、女は考える。

——悪いのは、私の方なんでしょう。

師匠には師匠の、弟子には弟子の立場がある。それを弁《わきま》えず無作法を働いたのはこちらだ。そう納得しても、津軽三味線を捨てるつもりはなかった。

このときから女は、師匠に隠れて三味線を練習するようになった。

けれど、どれだけ隠しても、女が鳴らす音の変化は明らかだった。

師匠との別れは、唐突といえば唐突だった。

女が一六になった夏、巡業で山間の村に向かう途中に、崖から突き落とされたのだ。

目が見えない女には、自分を押したのが師匠だったのか、それとも姉弟子のひとりだったのかわからない。ともかく崖から落ちた女は、自身の死を覚悟した。何度か助けを呼んでみたが返事もない。あちこち痛く、どうやら頭から血が流れているようだ。目がみえないまま、山の中で怪我を負ってひとりきり。さすがにもう手詰まりだ。

立とうとすれば、立ち上がることはできただろう。けれどそこから向かうべき先もわからないから、身体を動かそうという気にならなかった。

女はずいぶん長いあいだ、夏草の強い匂いの中で、仰向けに倒れていた。すると、やがて音が聞こえた。よく育った草の中を獣が歩む音だった。

——おや。私は食われて死ぬのか。

それは別段、悪くもない。死に方の中では上等な部類だろう。

よって女は、目を閉じて、自身の死を待った。けれど肌に触れたのは、獣の鋭利な牙ではなかった。

温かな舌が、ぺろりと女の頰を舐めた。

一匹の山犬となった男は、輪廻の記憶を失っていた。けれど崖の下に倒れた女をみつけて、間もなくそれを思い出した。

九〇〇年も生を繰り返していれば、さすがにもう、わかっている。

――この女性《ひと》に出会ってしまえば、愛さないではいられないのだ。

記憶はなくとも魂が、互いに互いを覚えている。どの獲物とも草木とも違う、これまでに嗅いだことのない香りでも、それが愛する女のものだとわかる。

舌で女の頰を舐めると、あちらの方も、すべてを察したようだった。

「残念ね。少し期待していたのだけれど」

こう彼女が呟いたから、「なにを?」と尋ねる気持ちで、男は小さな唸り声を上げた。

女は弱々しい声で、けれど微笑んで続ける。

「こんな風に目がみえなければ、もし貴方に出会っても、そうとわからないかもしれないなって」

はっはと息を吐いて、男は笑う。

――そう上手くいくものでもないでしょう。

ふたりはまるで呪いのように、出会ってしまえば愛し合う。

女はどうにか立ち上がり、朦朧とした意識で、先を行く山犬の音を追った。

するとやがて、小屋に辿り着いた。朽ちてもう住む人もいない小屋だった。

手探りで中に入った女は、間もなく倒れ込んでそのまま眠った。そして目覚める頃には、輪廻の記憶をすっかり失っていた。これは山犬となった男を愛したことが理由だが、女はもう、その事情も忘れていた。

女にとって、山小屋での生活はずいぶん奇妙なものだった。怪我のせいで、身体が上手く動かない。ここがどこだかもわからない。なぜか一匹の山犬が寄りついて離れず、そのことがずいぶん怖ろしくも感じたが、やがて慣れた。木の実だとか、兎だとかを持ってくるその犬に生かされているのだから、慣れざるを得なかった。小屋に残されていた鍋に水まで汲んでくるから、ずいぶん賢い犬だなと思った。

女はこの頃から、夜になるたび、声を出さずに泣くようになった。輪廻の記憶という強固な盾を失った女は、はじめて自分を哀れに感じたのだ。

——どうしてこの目は、みえないのだろう。どうして家族は、私を捨てたのだろう。どうして師匠は、あんなにも私を嫌ったのだろう。

こちらは皆を、愛したつもりだった。愛せるはずもないのに、それでも精一杯に。なのに、どうして。どうして私は愛されないのだろう。そう考えると悔しくて、涙が溢れて仕方がなかった。

女が泣いていると、いつも山犬が身を寄せて、その涙を舐めとった。

――喉に牙を突き立てられたなら、私なんて簡単に死んでしまうのに。

なぜだかそのざらりとした舌や、硬い毛皮に安心した。


身体の傷が癒えると、女は三味線を弾いた。山犬が女の荷物を拾ってきていたのだった。

三味線を握った女は、自身の演奏が変質していることに気づく。

上手くなったわけではない。技術はなにも変わらない。むしろ怪我の影響で身体に力が入りづらく、音は弱くなっている。けれどその弱い音が、なんだかずいぶん深く響く。

――もしかしたら私は、恨みで三味線を弾いているのかもしれない。

これまで出会った人々への恨みをぶつけることで、ようやく三味線が本物になった。なんだかそんな気がしたが、それだけでもないようだった。

恨んで、恨んで、だが恨みきれるものではなくて、諦めて。

諦めて、諦めて、諦めて、けれど諦めきれるものでもなくて、また恨んで。

そんな風にやるせない気持ちが、くるくると回転しながら連なっていく。その螺旋の周りに、さらに様々な感情が散らばる。それらをみんな巻き込んで、舞い上げて、一音ずつが意味を持つ。

三味線は、女の気持ちを救いはしなかった。だが、たしかに寄り添っていた。温かな熱を持ち、同じ苦痛を共有していた。隣にいる山犬と同じように。

まるで自分自身を切り裂いて、その内側を晒すように、女はまいにち三味線を叩いた。するとやがて、胴に張った紙が破れた。それから三の糸が切れた。それでも女は弾くことを止めなかった。

無残な三味線が、無残な音を鳴らす。

けれどその無残な音が、日増しに強く、鋭利になる。

――これが、私の音なんだ。

女はそう確信した。


山犬となった男にとって、その山小屋での時間は、心安らかなものだった。

彼女と共にいられるなら、他に望むこともなかった。

――けれど、もう長くはない。

この地は冬の訪れが早く、明けるのは遅い。冷え込めば今の生活は続かないとわかっていた。ろくに食料も手に入らなくなるのだから、ふたり揃って死ぬだけだ。となれば今のうちに、彼女を人里に送る他ない。

秋晴れの朝、男は澄んだ空気に冬の匂いを感じて、覚悟を決めた。

頭で女を後ろから押す。彼女はしばらく、戸惑っているようだったが、やがて察した。

「私を、どこかにつれていきたいのね？」

男は小さな鳴き声を上げて歩き出す。目が見えない女に合わせて、ゆっくり、ゆっくり。

女が続ける。

「もうお別れなの？」

ああ。今生の別れだろう。けれど。

――どうせ次の生涯で、また会えますよ。

男はそう答えたかったが、山犬のこの身では、言葉を発することもできない。

代わりにおどけた調子で、わん、と一吠えしてみせた。

山道を歩きながら、女はしばらく、あれこれと他愛のない話をしていた。小屋で食った魚が美味かったとか、冬は三味線を押さえる指が痛くて嫌だとか。

ふいに女は、声を弾ませる。

「そうだ。春になったら、一緒に花見をしましょうよ」それは、ふたりが初めて出会った平安の世でも交わし、けれど叶わなかった約束だ。「私はなんにもみえないけど、でも桜の匂いは好きなの」

――ぜひ、一緒に。

そう思いを込めて、男は再びわんと鳴いた。

さて、山犬となった男の生涯は、この日、終わりを迎えることになる。

どうにか女を送り届けて間もなく、猟師に撃たれて死んだのだ。まあ、山犬が人里に足を踏み入れたのだから、撃たれるのは仕方がない。

三味線の胴には、猫の腹の皮がよく使われる。けれど太棹《ふとざお》の三味線には、より丈夫な犬の背を使うという。

女の力強い三味線には、太棹が似合うだろう。

——ならば私は、彼女の三味線になりたい。どれだけ強く叩かれても、決して破れない三味線になりたい。

男は息を引き取る直前、そう考えていた。

けれど、上手くはいかないかもしれない。銃弾は背中から入って腹を貫いており、せっかくの皮にも、大きな穴が空いただろう。


あの三味線の独奏は、明治の末からの時代を生きた、ひとりの女の魂をむき出しにした音だった。よって、令和の世では鳴らしようがない。下照姫の言葉を借りるなら、背景が違うのだ。ただ譜面をなぞってみても意味はない。

そして、だからこそノージーさんは「雪花夢見節」を気にする必要はない。この時代に生きるなら、この時代の音を鳴らせば良い。

けれど彼は、まだ納得がいかないようだった。

悲痛に顔をしかめて下照姫に尋ねる。

「曲は？　演奏ではなくて、曲の構成はどうでしたか？」

下照姫の返事はどこかつれない。

「良いんじゃないですか。よく練られていますね」

「ですが――」

「あれだけ弾けるのだから、貴方もご存じでしょう。音楽とは本来、戦わせるものでも、競い合うものでもありません。なのに貴方は戦おうとしている。本当は、貴方は貴方で、好きに弾けば良いのに」

「はい。わかります。でも」

その続きを、ノージーさんは言葉にできないようだった。

状況を劣勢とみた浮島さんが、ぱんと手を叩いて注意を引く。

「さて神々の皆さま、ノージー・ピースウッドの熱演、いかがでしたか？　とくに湯山主神におかれましては、存分にお楽しみいただけたようにお見受け致しましたが」

話を振られた湯山主神は、如実に困り顔を浮かべた。音楽の神でもある下照姫のあとで演奏を寸評するのが憚られたのだろう。

これにすかさず、オモイカネさんが助け舟を出す。

「ひとつ目の出し物への評は、下照姫の言葉で定まりました。演奏は素晴らしく、パーティーを盛り上げるには充分。ですが、神の心を動かすほどでもない」

浮島さんはしばし黙考し、それから、鷹揚《おうよう》に頷いてみせた。

「お楽しみいただけたなら、まずはそれで充分。では、次の演目に参りましょう」

浮島さんの言葉、やたら自信に満ちているが、ノージーさんの演奏を超える演目など用意がない。時間稼ぎにと、私は多少の心得があるコインマジックを準備していたが、嘘偽りなく多少である。プロの弾き語りのあとで披露できるようなものではない。

それでも無論、やれと言われれば恥をかくつもりでいたが、どうにも状況に違和感があった。

そこで私は、予定を変えた。

「やはり神事の華は力比べでしょう。こちらの浮島龍之介は、みての通りの力自慢。そこで相撲を奉納致しましょう」

カラオケ用マイクを片付けていたオモイカネさんが、ちらりとこちらに目を向ける。

「ですが、誰と相撲を取るのです?」

「何方《どなた》でもかまいませんが――」私は、湯山主神に向かって微笑む。「せっかくの奉納です。ご本人の神さまに、胸を貸して頂くのはどうでしょう?」

浮島さん以上に、湯山主神が力自慢なのはみればわかる。

ノージーさんの切羽詰まった様子に口をつぐんでいた小神たちも、神と人との対戦に、「なんと無謀な！」「無謀大好き！」と再び盛り上がる。

浮島さんが、胡散臭い笑みを浮かべたまま、小さな声で囁いた。

「聞いていないよ？」

「オモイカネさんが、妙にこちらの話に乗り気なのが不気味です。神々が貴方に注目しているあいだに、軽く探りを入れてきます」

「なるほど、了解した」

この男、とにかく話が早くて不安になる。私が言い出したことで恐縮だが、人は軽々に神と力比べをすべきではない。

小神たちの喝采の中、湯山主神が頭を撫でながらのっそりと立ち上がる。

「やるぶんには構わぬが、勝負になるとも思えんな」

浮島さんの方は、さっそくジャケットを脱ぎ、ネクタイを外しながら答えた。

「では、どうでしょう？　神と人でも勝負になるルールを取り決めては」

「ふん。どう決める？」

「こちらが降参と言えば貴方の勝ち。貴方が降参といえばこちらの勝ち。そのほかの一切では決着がつかないと致しましょう」

「それでは、勝負がもつれもせんだろう」

「いえいえ。オレには、自分が降参する姿を想像できない。なら、悪くても引き分けです」

「図に乗るなよ、若造が」

湯山主神が部屋の中心へと歩み寄る。オモイカネさんはきびきびと周囲の小神たちに指示を出して膳を動かし、丸くスペースを作っている。

ワイシャツまで脱ぎ、よく鍛えられた肉体を露わにした浮島さんが、軽く肩を回しながら湯山主神に歩み寄る。

向かい合ってみれば、ふたりの体軀の差は明らかだった。浮島さんも大男ではあるものの、湯山主神はさらに頭ふたつぶんは大きい。だいたい体つきを持ち出すまでもなく、神と人との勝負である。どちらが上かは明々白々、結果をみるまでもない。

けれど浮島さんの顔つきは、落ち着いたものだ。

「開始の合図を頼むよ、岡田さん」

私は軽く頷いて、「はっけよい」で前に右手を突き出し、「残った！」と叫んで振り上げる。

まずは浮島さんが足を踏み出す。躊躇のない張り手が湯山主神の頰にぶつかって、ばちんと大きな音が響く。一方、湯山主神は微動だにしない。――いや、むしろ前に出る。対して浮島さんも、もう一歩足を踏み出して、湯山主神の胸に額を押しつけた。

浮島さんは湯山主神の角帯を、湯山主神は浮島さんのベルトをつかみ、がっぷり四つの構えである。けれどさすがに力比べでは勝負にならない。間もなく浮島さんの両足が浮き上がり、そのまま派手に投げ飛ばされた。

ぎゃあと叫び声を上げたのは、浮島さんが飛来する先にいた小神たちだ。素早い者は逃げ出すが、間に合わない者は浮島さんの巨体に薙《な》ぎ払われ、膳と共に吹き飛んだ。刺身だの天ぷらだの、いかにも温泉宿の夕餉《ゆうげ》といった料理と共に、クリスマスらしく七面鳥やらローストビーフやらが宙を舞う。それをみた周囲の小神たちが、一斉に自身の膳を抱き上げた。

浮島さんは素早く立ち上がり、手にした小鍋をぶんと投げる。旅館でよく見る、固形燃料でぐつぐつやるタイプの一人鍋である。湯山主神はそれを手で払いのけるが、中の豆腐が飛び出して額に当たり、「熱っ!」と小さな悲鳴を上げた。

「貴様、食べ物を粗末にするでない!」

「なにを。貴方がオレを投げて吹き飛んだ料理の方が被害は大きい!」

叫び返した浮島さんが、猛然と突進する。それを湯山主神が胸で受け止め、またベルトをつかんで持ち上げる。右側の小神たちが「左に! 左に!」と叫び、左側の小神たちが「右に! 右に!」と叫ぶ。そのどちらにも配慮したのか、湯山主神は浮島さんの身体を振り回し、自身の背後に放り投げる。そちらで呑気に囃し立てていた小神が、抱えた膳と共に宙を舞った。「食いたいもんは先に食っとけ!」と叫び声が聞こえて、あちらこちらで小神たちが料理を頬張る。

混乱と熱狂の坩堝《るつぼ》と化した部屋の片隅で、ひとり涼しい顔つきのオモイカネさんに、私は歩み寄る。

「いったい、なにを企んでいるのです?」

オモイカネさんは、ふたりの取組に目を向けたまま微笑んだ。

「企みなどありませんよ。僕はね、今夜のパーティーが盛り上がればそれで良い」

「ですがせっかくの料理を台無しにして、盛り上がりもないでしょう」

「なに。食事が減るのは丁度よい。だいたいクリスマスパーティーというのは、ケーキが主役のようなものですが、そこに至るまでに満腹になりがちでいけません」

「おや。では、このあとは?」

「無論、特注の巨大ホールケーキを用意しています。よろしければ、あなたもお仲間とご一緒に」

これはなかなか良い誘いを受けた。祥子はやたらと巨大なものを好むから、声をかければ喜ぶだろう。

けれど、浮島さんを犠牲にしてまでオモイカネさんとの密談の時間を得たのだ。ケーキの話だけで引き下がるわけにもいかない。

「腹の探り合いで、神に敵うとも思いません。率直に申し上げますが、貴方の狙いは、こちらに文通録を盗ませることでは?」

陣営を、こちらとあちらのふたつに分けるなら、オモイカネさんはまず間違いなくあちらにつく。けれど、この場の陣営はふたつではない。文通録が欲しい私たち、へそを曲げているイチさんに加え、あの水神と日照り神とをひとまとめにして封じようとする三番目の勢力がある。

伊和大神は私を使い、イチさんを鳥取砂丘まで誘導しようと考えたが、なにもこの策、こちらの同意が必要なわけではない。私たちに文通録を盗ませたのち、上手く追い詰めて逃げる先を鳥取砂丘に誘導すれば結果は同じことである。であればオモイカネさんが、今のところは私たちの狙いに乗っているのも頷ける。

まずまず核心を突いたつもりだったのだが、オモイカネさんは口元に微笑を浮かべて受け流した。

「ご想像はご自由に。それよりも、ほら。そろそろ決着ではないですか？」

そう言われて浮島さんに目を向ければ、彼はちょうど、湯山主神の強烈な張り手を顔面に食らったところだった。浮島さんが真後ろに吹き飛び、そのまま後頭部を壁にぶつける。このとき鳴り響いた派手な音に、あれほど騒々しかった小神たちも沈黙した。さすがにやりすぎではないかと思ったのだろう。

倒れたままの浮島さんに、湯山主神が重々しく告げる。

「さあ、もう決着でよかろう。――お主の取組、見事であった。湯治に良い湯を紹介しよう」

畳に大の字に倒れたまま、浮島さんが答える。

「今のお言葉、そちらの降参と受け取っても？」

「なぜそうなる？」

「だって、そうでしょう」浮島さんの声は小さく、途切れがちだった。だがその芯には、未だに無暗な自信が通っていた。「この相撲の勝敗は、どちらかの降参だけで決まる約束です。であれば、貴方の言葉で定まるのは、貴方の敗北しかない」

「弁えろよ、か弱き男。もう動かぬ手足でなにができる？」

「倒れたままでも、関係ないでしょう。気を失おうが命を失おうが、諦めなければオレは負けない。それに――」

浮島さんの手がのっそり動き、畳を押した。

「オレの身体は、まだ動く」

この浮島龍之介という男、相も変わらず、滅多矢鱈に英雄気質だ。

小神たちが、固唾《かたず》をのんで成り行きを見守っていた。

浮島さんが、ゆらりとよろめきながら立ち上がる。脳震盪《のうしんとう》を起こしているのだろう、彼は足元が定まらない様子で、壁に背を預けた。

対する湯山主神は、困った様子で頭を掻き、畳の上で胡坐《あぐら》をかいた。

「わかった、わかった。まあ座れ」

「できません。今座れば、次に立てるかわからない」

「降参してやる。だから、座れ」

その言葉に、浮島さんは壁を滑り落ちるように座り込む。

「では、文通録は？」

「それはまだ決めておらん」

「なんですって？　話が違う」

「お前が勝てばくれてやるとも言っておらんだろう。だが、話は聞いてやる」神が好々爺《こうこうや》の笑みを浮かべる。「どうして命を懸けるほど、その書を欲しがるのだ？」

浮島さんの方も、ふっと顔つきを緩めてみせた。

「そこに、オレの夢があるからです。鹿磨桜という名の――」

彼は眩暈《めまい》を覚えた様子で、額を押さえる。

後を引き継ぎ、オモイカネさんが説明した。

「鹿磨桜とは、すでに滅んだ桜です。六枚の、純白の花弁を持つ桜であり、文通録にその押し花が残されています。おそらく現存するものは、それひとつきりでしょう」

さすが智の神、なんでもよく知っている。

話を聞いた湯山主神が軽く頷き、浮島さんに尋ねる。

「その押し花を手にして、どうするつもりだ？」

「育て、増やします。オレの故郷の、山々が埋まるまで」

「できるのか？」

「できない理由《わけ》がない」

浮島さんのこの主張、私にとっては眉唾である。科学の分野には明るくなく、押し花から木が生き返るものなのか想像がつかない。

けれど私は、浮島さんにあの押し花を預けて良いと考えている。すべてが徒労に終わるとしても、文通録のページが欠けるとしても、追う価値のある夢である。

なぜなら鹿磨桜とは、千年前の私たちが、花見を約束した桜だからだ。

馬鹿げた戦と城の増築の話

およそ六〇〇年前、女は京に暮らす質屋の娘であり、男は薩摩《さつま》国のうだつが上がらない足軽だった。

このとき、女は輪廻の記憶を持っていなかった。正しくは、生まれたときにはすべてを覚えていたのだが、幼い頃に失った。薩摩国の殿様が京を訪れ、男も荷運びとして同行していたのをみかけたのだ。

――ああ。あの人だ。

そう気づいたとたん、女の記憶は薄れていき、そして間もなくすべて忘れた。それからはただ質屋の娘として育ち、若くして死ぬことになった。

女の死には、当時の世情が深く関わっている。

あるとき、室町幕府の六代将軍が家臣の裏切りによって京で討たれた。この将軍は暴君として人々に怖れられていたのだが、その独裁が行き過ぎたのが原因だった。

将軍殺害を謀ったのは赤松満祐《あかまつみつすけ》という男である。赤松氏は播磨一帯の守護大名だったが、六代将軍によって力を削がれていた。さらには次に粛清されるのは満祐ではないかと噂されるようになった。よって、「こうなれば、死なば諸共《もろとも》！」との思いで反旗を翻したのが大まかな流れだ。

京で将軍を討った赤松満祐は、間もなく幕府の兵が押し寄せ、首を斬られるだろうと考えていた。だが意外にも周囲は静かなもので、のうのうと播磨まで逃げ帰ることができた。幕府側の動きが遅れたのには理由がある。まずは将軍殺害という大それたことをやってのけたのだから、必ずや赤松氏に加担する反逆者がいるはずだと考えたこと。よって反逆者を炙り出そうと躍起になったが、そんなものはどこにもいない。いない敵を探すのだから、無暗に時間ばかりかかった。

加えて、殺された六代将軍の独裁が、あまりに見事に成されていたこと。この将軍、多くの決定権を自身ひとりで握っていたせいで、死後に迅速に兵を動かせる者がいなかったのだ。

よって赤松氏討伐は遅れに遅れた。上がごたつくと下も士気が高まらない。兵たちは長々と京で待たされるのにじれて、「大儀ある戦の為の徴収である」と言い訳し、商家やら質屋やらの倉を襲った。そして不運なことに、女の家もこの標的となったのだ。

理由がなくとも辻斬りが出るような時代である。ある夜、家の倉から物品が持ち出されるついでに、女は無残に斬り捨てられた。

■

さて、質屋の娘としては死んだ女だが、間もなく次の姿に転生し、同時に輪廻の記憶を取り戻す。

けれどこのとき、女はもう人ではなかった。一羽のキジバトになっていた。

小さな鳥の身では、なにかと不便があるものだ。食べるものも、身体の動かし方も、刻まれた本能もこれまでとは違う。けれど人にはない身軽さを持ち合わせてもいた。

——薩摩まで飛んでみましょうか。

そう女は考えた。男がまだ、そこにいるかもしれないから。

けれど残念なことに、キジバトは渡り鳥ではない。通年を同じ地で暮らす留鳥《りゅうちょう》であり、長旅には向かない。

仕方なく女は、手近なところで妥協した。平安の世で生まれて死んだ、播磨の地を目指したのだ。

そして女は、一本の桜に住み着いた。

かつて男と花見の約束をして、けれどそれが叶わなかった桜である。

不思議なことにこれまでの転生では、その生涯で必ず一度、男の生まれ変わりと巡り会った。あの水神はたしか、「千年も万年も、揃って生を繰り返し、幾度も袖を擦り合わせるが良い」と言っていたから、あるいは男に出会うのも、この身に宿したルールのひとつなのかもしれない。であれば、桜の木で男を待てば、花見の約束を果たせるかもしれないと考えたのだ。

それから二度、女は独りきりで桜の花をみた。そのたび、なにか嬉しいような、寂しいような気持ちになった。来るならさっさと来ればよいのにと、いまだ姿を見せない待ち人に、胸の内で愚痴をこぼしていた。

だが三度目の春は様子が違った。辺りの人々が一丸となり、木々を切り倒したのだ。

理由は、資材集めである。

キジバトとなった女が暮らす桜からそう離れていない処に、英賀城《あがじよう》という名の城があった。もともとの英賀城は、古い寺に守護所を置いただけの城らしくない城だった。けれど播磨灘にほど近いこの城は、海軍の要所となるだけの地理的な利点があったから、大規模な増改築を普請することになったのだ。

この工事が進められた背景には、件の六代将軍殺害がある。謀反を起こしたことで守護大名だった赤松氏が力を落とし、播磨の勢力図が一変していた。その流れで戦力が再考され、英賀城に白羽の矢が立ったのだ。

——人の世は戦ばかりだな。

まあそんなもの、勝手にやっていれば良いが、桜が切り倒されるのは困る。だってまだ花見の約束が叶っていない。けれど無力なキジバトに彼らを止める手立てもない。

切り倒されていく桜を、女は間近でみつめていた。幹に斧が食い込み、みしりと音を立てて傾き、やがて倒れる。久しぶりに怒りを感じた。

みれば、辺りには折れた小枝が散らばり、中にはまだ花がついているものもある。女はその中の一本をくわえ、高く空へと舞い上がる。

――さて。

行けるところまで行こうかと、女は決めた。


あるとき男は、一羽のキジバトの亡骸《なきがら》をみつける。

その鳥が、どこから来たのか男は知らない。

なんの為にどこを目指したのか知る由もない。

けれど男にも、その鳥が過酷な旅路を経てきたのだということはわかった。

地に落ちたキジバトは、あちこち傷つき、羽が抜け落ちている。片方の翼には大きな穴が空き、下の地面がみえている。なのに、それでもまだ飛びたがっているように、両翼を広げたままだった。

そのキジバトは、口に桜の小枝をくわえていた。花びらはすでに大方が飛び散っているが、中に一輪だけ、綺麗に残った花がある。

「これが、大切だったのか？」

そう声をかけてみたが、キジバトは黙って死んでいるだけだ。

男はキジバトのくちばしから、桜の小枝を抜き取る。

そして枝はキジバトと共に土に埋め、花は押し花にして手元に残した。

鹿磨桜を切り倒して増築した英賀城は、それから海運の要所として隆盛したが、やがて訪れた戦国の世であっけなく焼き払われた。失われたものばかりに思いをはせても無益である。けれど、残念といえば残念だ。

私がぼんやりと遠い過去を思い返しているあいだにも、浮島さんと湯山主神の話が続いている。

「いいじゃあないですか、本の一冊くらい」

「いいや、あれはイチ殿のもの。城崎に招いた身で、差し出せと頼むわけにもいかん」

「ですが、盗品です」

「神の為すことに人の世の定めなど関係あるか」

まったく進展のない話ではあるが、時間稼ぎとしては充分だろう。浮島さんには是非ともこのまま、押し問答を続けて頂きたい。

と、私がそう考えていたとき、ふいに部屋の戸が叩かれた。続けて聞こえてきたのは、幼く聞こえる女性の声である。

「失礼致します。ご連絡があった通り、不審者をみつけたので捕まえました」

これに、オモイカネさんが答える。

「ご苦労様でした。中へ」

戸が開き、まず姿をみせたのは、左目に泣きボクロがある女性だった。まだ若く、二〇歳になるかならないかといったところだろう。

彼女の後ろに縛られた和谷さんと、その綱を握った小柄な男がいる。これでこちらの目論見は潰《つい》えたわけだが、和谷さんが捕まったことは特に意外でもない。それでも私が、多少なりとも驚いたのは、和谷さんを連れた男の方に見覚えがあったからである。

「貴方は――」

と、言ってみたものの、その続きに困ってしまう。私は彼の名前も知らないのだ。

そこにいたのは、金星台山荘で出会った白タキシードだった。とはいえ今の彼は、ゆったりとした黒い和装に身を包んでいる。

驚いたのは、あちらも同じようだった。

「杏さん！　ホントにいた！」

彼の叫び声は、まるでツチノコでもみつけたようである。

私もなにか返事をするつもりだったのだが、その前にオモイカネさんが話を進める。

「おや、不審者はその方だけですか？　文通録窃盗の主犯は女性のはずですが」

これに答えたのは、泣きボクロの女性である。

「そちらは、母が追っております」

「なるほど。まずまず難敵のようですね」

「はい。怪獣大決戦の様相でした」

ノージーさんが歌い、浮島さんが相撲を取っているあいだに、祥子は祥子でごたごたに巻き込まれていたようである。その詳細はわからないが、先ほど私が得意げに語った推測は、どうやら大外れのようだ。オモイカネさんが時間稼ぎに乗ってくるから、文通録を盗ませてくれるつもりかもと思っていたのだが、単にこの部屋の外の戦力に自信があっただけなのだろう。

浮島さんが、珍しく戸惑った声を上げる。

「待って。ちょっと状況を整理させて欲しい。お嬢さんは、何者だ？」

「知らない人には名乗りたくありません」

素っ気なく答える泣きボクロの女性の後ろで、縛られた和谷さんが声を上げた。

「この人が辻冬歩です！」

辻冬歩——聞き覚えがある。たしか金星台山荘で、文通録を持ち逃げした女性の名だ。

浮島さんも、驚いた様子で「へぇ」と呟く。

「では、もうひとりは？　そちらの彼も、たしか金星台山荘でみかけたね」

話を振られて、元白タキシード——今は黒い和装の男が、嬉しげに声を上げる。

「僕、小束武彦と言います。杏さん、お久しぶりです！」

名指しで場違いに声をかけられた私は、仕方なく作り笑いで答える。

「ええ、はい。お久しぶりです。今宵はどうして、城崎に？」

「師匠に呼ばれて来たのです。あのヒトは稀代の面倒くさがりですから、代わりに呪《まじな》いの札を描けと言われて」

「ほう。師匠とは？」

「僕の師匠です。京都で占いを習いました！」

言われてみれば小束さんの装束、たしかに占い師のものにみえる。

そう理解すると共に、閃きを得た。——もしやこの小束という男、金星台山荘に向かう途中の私たちに声をかけ、「運命の相手と再会する」と的外れな予言を残した占い師ではないか？

話の本筋に関わりはないだろうが、なんだか気になり、私は確認する。

「もしかして、以前にもお会いしていますか？」

「はい、もちろん。カレー屋さんで繰り返し！」

なるほど、小束さんは骨頂カレーのお客だったか。

けれど論点はそこではない。

「金星台山荘で顔を合わせた日、そこに至る前に寒空の下で会った占い師が、貴方だったのではないですか？」

推理と呼べるような理もない直感だが、私は名探偵の気持ちでそう指摘する。

「ええ！」小束さんは身をのけぞらせて驚き、続けた。「まさか、気づいていなかったのですか？」

想定とは異なる反応だが、こう責めるように言われても困る。普段から人の顔など注目していないし、あの占い師は口元を黒いマスクで隠していたはずである。

「もしや、運命の相手との再会というのは？」

「無論、僕のことです。あの予言で散々僕を意識していただき、その後に花束を差し出して告白するという、周到かつロマンティックな作戦でしたが――」

骨頂カレーは、行列もできる回転の速い店だ。ホールの私は皿を上げ下げするだけの相手など気にしている暇もなく、もちろん小束さんも記憶にない。然ればどんな予言をされようが顔が思い浮かぶはずもない。

だがこういった胸の内をぶちまけるのも申し訳なく、私は作り笑いで答える。

「まったく気づいておりませんでした。勘が鈍く、申し訳ありません」

「いえ、こちらこそ。ややこしいことをして申し訳ありません」

まったくである。この男の夢見勝ちな作戦のせいで、祥子が妙に私の色恋沙汰に興味を持っていけない。

縛られた和谷さんが、私たちのまったくの余談に痺れを切らした様子で叫ぶ。

「なにを和気藹々《わきあいあい》と四方山話に花を咲かせているのですか！　私が捕まり、守橋さんまで大ピンチに陥っているのですよ！」

その言葉に、私は驚く。

「祥子がピンチなのですか？」

「当たり前です！」

「ですが、彼女が追い詰められるような事態、そうそう記憶にありませんよ」

例外はただひとつ、無謀にも窓から飛び出したノージーさんを助けようとしたときくらいだ。

けれど和谷さんは、必死の形相で叫ぶ。

「相手が悪すぎたのです！　あの女性、人ではない。神か物の怪《もののけ》の類でしょう」

これに辻さんが、「いえ、私の母は人ですが」と小声でぼやく。

ともかく祥子がピンチだというのなら、助けに向かうより他にない。けれど問題は、神々の思惑である。

オモイカネさんが、かんと煙草盆に煙管を打ち付けて注目を集めた。

「さあ、余興を続けましょう。まだ出し物の予定があるのでしょう？」

などと、呑気なことを彼は言う。

私はオモイカネさんを睨んで告げる。

「いえ。私共は、ここで退散させていただきます」

「ダメです。私がプロデュースしたこのクリスマスパーティー、中座を許すわけにはいきません。だいたいが無作法でしょう？　神の恩恵を願うのは振りだけで、裏では自分たちで文通録を盗み出そうとしていたなんて」

「すべてわかって乗ったのでしょう？」

「無論、神は多くを知るものです。けれど、作法は作法。すでに始めた奉納なら、最後までやり遂げなさい。死力を尽くして余興をみせて、神恵に縋るのです」

「そちらは文通録を渡す気もないのに？」

「わかりませんよ。あなたの出し物が素晴らしければ、心変わりもあり得ます」

オモイカネさんは、なにを意図しているのか。私たちを、どう利用するつもりなのか。根っこの狙いは未だわからない。けれどこのやり口、オモイカネさんの方も時間稼ぎを望んでいたのだと考えて間違いないだろう。

「無益な宴で時間を潰して、貴方はなにを待っているのですか？」

私の問いに、オモイカネさんがにたりと笑う。

「ご想像はご自由に。ですが、いかにあなたでも、神の指嗾《しこ》に逆らいはしないでしょう？」

たしかに、極端に神の機嫌を損ねるのは避けたい。もし仮に祥子が捕まったとして、その後に裁定を下すのは神々だろう。であれば、媚を売る理由もある。今さら拙《つたな》いコインマジックで嘲笑を受けるのは気乗りしないが、やれと言われればやるしかない。

「無論、神の仰せの通りに」

私はテーブルの代わりを探し、浮島さんと湯山主神の一戦でひっくり返っていた膳のひとつを拾い上げる。だがそのとき、辻さんが声を上げた。

「待って。まさか、余興をみせれば文通録をいただけるのですか？」

彼女は私たちのやり取りから、話の流れを察したのだろう。

オモイカネさんがこれに答える。

「必ずと約束するわけではありませんが、チャンスはあります」

「それ、私もやって良いですか？」

「是非に。歓迎致します」

辻さんは「やった」と呟き、準備があると言い残してぱたぱたと走っていく。

これはまた、思わぬ方向に話が逸れたものだ。

「彼女の演目のあいだ、私は席を外しても良いのでは？」

いちおうそう尋ねてみたが、オモイカネさんは「ダメです」と無下に首を振った。


どうやら辻さんの演目は、席画《せきが》のようだ。

席画とは、宴席などで客の注文を受けて即興で絵を描くことである。私の記憶では、襖《ふすま》やら屏風《びょうぶ》やらに墨絵を入れるよう乞われることが多かったが、宿の許可も取らずにその辺りに筆を走らせるわけにもいかない。辻さんは畳の上で和紙を広げ、神々を見渡した。

「さあ、なんなりとお申し付けください」

オモイカネさんが煙を吐きながら、イチさんに目を向ける。

「パーティーの主賓は、貴方です。なにかご希望はありませんか？」

ちびりちびりと酒を飲んでいたイチさんが、久しぶりに口を開いた。

「興味ねぇよ。勝手にやってな」

「では、貴方の似顔絵でも描いていただきますか」

「やめろ。巻き込むな」

「いいではないですか、神とは絵になるものですよ。けれど、描かれたくないというのなら、お題のひとつくらい出せばいい」

イチさんはぎろりとオモイカネさんを睨むが、意外にも素直に答える。

「では、描けない絵を描け」

なんとも頓智話じみたお題である。

これに辻さんは、いくらか思案顔を浮かべたが、間もなく筆を手に取った。

「では」

彼女は迷いのない様子で、和紙の上に筆を走らせる。かと思えばぴたりと止めて、書きかけの絵を丸めて捨てる。それから再び和紙を広げ、描いては捨て、描いては捨て、なかなか先に進まない。

下照姫が、よく通る声で囁く。

「描けない絵だから完成しないいってこと？」

小神たちから、「ああ」と納得したような声が上がる。けれど、おそらくそうではない。ただ絵の出来栄えに納得がいかないだけだろう。

描きかけの絵をみれば、彼女の思惑にも察しがつく。私の想像の通りであれば、なかなか食えない女性《ひと》である。

やがて辻さんが、ふうと息を吐いて筆を置く。

「できました」

そう言って、彼女は和紙を持ち上げる。

和谷さんが呟いた。

「それは、『浄土の桜』」

辻さんが描いたのは、一本の桜と背景の山々である。構図も筆致も色遣いも、文通録の絵とよく似ており、あれの模倣であるとわかる。

神々の頭上にクエスチョンマークが浮かび、それを代表して湯山主神が尋ねた。

「いったいどこが、描けない絵なのだ？」

辻さんは、我が意を得たりといった様子でにっこり笑い、堂々と胸を張る。

「さあ。私には、わかりません」

「どういうことだ？」

「これは文通録に載っている絵の模倣なのです。けれど、まったく同じように描けているのか、それともちっとも似ていないのか、私にも判断がつきません。ですから『描けない絵』の判定の為に、文通録の本物と、見比べてみてはいかがでしょう？　それで、まったく違うということになれば、これはやっぱり『描けない絵』です」

つまり、こういうことだ。

辻さんの目的は、文通録に載った一枚の絵を再び閲覧することだろう。

けれど神々に絵を献上して、それが叶うかわからない。そこで一計を案じ、絵の評定自体に文通録を持ち出すように仕向けた。これで結果に拘わらず、彼女は目的を果たせるわけだ。

しかし、やり口は読み解けるものの、不可解な状況でもあった。

「貴女はすでに一度、文通録を手にしているのでは？」

私が尋ねると、彼女は小さいながらも強い声で答える。

「私は『浄土の桜』の青が欲しい。あの、絶対的な青色が。そこで成分を調べてみましたが、新たな発見はありませんでした。何度染料を作っても、どのように描いても、どうしても春雪の青にならないのです」

「そこで、もう一度というわけですか?」

「もう一度――何度だって。私は、あの青がみたい」

「ですが、同じ青にならないのは当然です」ため息交じりに私は告げる。「あの絵はもう二〇〇年も前に描かれたもの。ベロ藍は、経年劣化に強い染料ではありますが、とはいえ変色しないわけでもない。まったく同じ染料を使ったとしても、今描いたものと二〇〇年前に描いたものが、同じ色であるはずがありません」

美大で浮世絵を習っているという辻さんにとって、私の御託など釈迦に説法だっただろう。彼女は平然と頷いてみせる。

「わかっています。色は変わるし、画材も違う。同じ絵具を用いても、使う紙が違えば同じ色にはなりません。けれど――私と春雪のあいだにあるのは、その程度の差なのでしょうか」

「というと?」

「もっと、根本が違うように思うのです。技術というか、絵というものへの理解が、根本的に。ただ青を塗る。それだけのことで、私は春雪に圧倒的な才能の差をみせつけられているような気がするのです」

辻さんはむしろ嬉しげに、すらすらと語る。

だが、それは誤解である。

「私がみたところ、貴女の絵は充分、上手い。それで良いではありませんか」

「いえ。私はまだ、上手くはない。でも、そういうことでもないんです。私が欲しいのは、ただ春雪の青です」

「だとすれば、文通録をみても仕方がない」

私の言葉に、辻さんが「え？」と小さな声を漏らす。

「どうしてですか？」

彼女は初めから間違っている。

なぜなら。

「あの青を塗ったのは、春雪ではないのです」

密貿易と青の話

およそ二〇〇年前、女は水戸の商家の如才ない奉公人で、男は江戸で死罪を言い渡された浮世絵師だった。

男の罪状は密貿易である。この頃の日本では鎖国政策を行っていたのに加え、イギリスの軍艦が長崎の港に侵入して食料を脅し取る事件が起きていた。以降、幕府では「やはり異国船は追い返すべし」との声が高まり、庶民のあいだで細々と続けられてきた密貿易の取り締まりも強化されたのだ。

　男はまったく無名でもないが流行りとも言えない、中途半端な浮世絵師だった。数年前に絵の師匠と喧嘩別れしており、それからは仕事が回ってこず、まずまず金に困っていた。一方でこの時代、海の向こうでは浮世絵の評価が高まりつつあった。よって男は水戸の漁師を雇い、絵を売りさばいていたという話だ。

　男は自身の罪を認めていた。奉行の前で「万事、おっしゃる通りでございます」と答えたきり、口を開かなかった。そのまま死罪が言い渡されても、静かに平伏するだけだった。

　ところで、この罪は冤罪である。

　けれど男は首を斬られて死んだ。

本当に密貿易に手を染めていたのは、女の方だ。

主犯は水戸の商人だった。

そこに奉公に出ていた女は、強かな言動と抜け目ない知性とが商人に気に入られ、やがて密貿易の片棒を担ぐことになった。

彼女は漁船に乗って海に出て、異国の船を相手に物品を交換した。こちらから差し出すのは大半が飲食物だったが、刀やら着物やら日本画やらも人気があった。そうして手に入れた舶来の品は飛ぶように売れ、商人の懐を肥やした。

けれど機を見るに敏な女は、この悪事もそろそろ限界だろうと察していた。雇っていた漁師たちが、自ら異国の船とやり取りを始めたのが理由だ。食料補給を求める異国船は、彼らの魚をよく買った。けれど仕組みも知らぬまま見様見真似で始めた漁師たちの密貿易は、間もなく明るみに出るはずだ。そうなると芋づる式にこちらの罪も暴かれかねない。ならば異国船との繫がりをすっぱりと絶ち、早々に痕跡を消し去るしかない。

女はそう判断したが、彼女の主は違うようだ。なにやら小賢しく考えを巡らせ、まだもうしばらく濡れ手で粟の密貿易を続けられないかと考えている。

悪徳とは引き際こそが肝要である——そう知っていた女は、早々に主を切り捨てることを決めた。その商人は強欲であり、女を使うだけ使ったが、ろくに取り分も寄越さなかったのだ。よって、わざわざ強く引き留めてやる義理もない。

すると間もなく、機会が訪れた。番頭が江戸に用ができ、女も手伝いに同行することになったのだ。

——上手く行方をくらませてやりましょう。

そう女は考えていた。

さて、荷物を抱えてえっちらおっちら水戸街道を進み、江戸に入ってまず向かったのは日本橋である。女は商談のあいだに、気まぐれに絵草紙屋を覗いた。そして、男が描いた浮世絵に出会った。

これは特別な絵だ、とひと目でわかった。

雨の中、傘をさす女の絵——美人画の類だが、傘で顔が隠れている構図がまず珍しい。加えて、どうやら肉筆画のようだ。庶民向けの絵草紙屋には、量産することで値段を抑えられる版画ばかりが並んでいるのに。この絵師はなかなかのひねくれ者なのだろう。けれどなにより特別だったのは、その絵の鮮明な色使いだ。傘やら着物やらに使われている青が、飛び抜けて良かった。

女はそれが、ベルリン藍——ベロ藍と呼ばれる舶来の染料だと知っていた。以前からしばしば、密貿易の戦果にその染料が加わることがあったのだ。

女は、間もなく確信する。

——ああ。これは、あの人の絵だ。

その直感の理由は、女にもわからない。だが女の身に輪廻転生が始まって、すでに八〇〇年が経っていた。彼を嗅ぎ分ける感覚は鋭敏に研ぎ澄まされている。あちらがどんな姿に生まれ変わっていようが、些細な癖で見分けられる。足音でも咳払いでも、わずかなことから彼だとわかる。

――この絵を描いたのは、あの人だ。

女にとってそれは、間違いのないことだった。

みれば浮世絵には、春雪と名が入っている。そこで女は、店主に尋ねた。

「春雪さんをご存じ？」

年老いた店主は、咳払いのように「ああ」と呟いて答えた。

「あれは変人だね。絵はまずまず目に留まるが、一点物ばかりで売りにくい」

「どうして版画を作らないの？」

「青がないんだと」

「へえ。青」

「どちらの先生も、青には露草やら蓼藍《たであい》やらを使うもんだ。なのに春雪ときたら、舶来の青がないと描かんというから了見が知れねぇ」

であればたしかに、同じ絵を何枚も刷るのは難しいだろう。少ない染料に合わせて、肉筆画ばかりになるのもわかる。

「では、あんまり描いていないの？」

「描くも描かぬも青次第。だがね、異国の船とみりゃ追い返せってご時世だ。あちらの染料なんざ、そうそう手が出る値じゃねぇな」

なるほど。密貿易が厳しく取り締まられて、思わぬ煽りを受けたようだ。

女は再び、春雪の美人画をみつめる。

「この絵、ください」

「売れ残りだよ、そりゃ助かる」

「ところで春雪さんは、どちらに？」

女はそう尋ねた。


──あの人が、今は春雪という名で絵を描いている。

そう知ったことで、女は輪廻の記憶を失った。長い歴史が身に絡まり、男の生まれ変わりの正体を知ってしまえば、愛さないではいられないから。

輪廻を忘れた女は、それでも未だに知的ではあった。けれど以前のような、飛び抜けた聡明さは失っていた。彼女は我が身の安全より、会ったこともない浮世絵師が気になっていた。輪廻の記憶と共に、男への愛も忘れたが、それでもなぜだか春雪という絵師に染料を届けなければならないのだと思い込んでいた。

よって女は水戸へと戻り、海上で異国の船と落ち合った。

そうして手に入れたベロ藍と共に、再び江戸へと向かった。

このとき、男と女はついに言葉を交わさなかった。

ある夕暮れに男が暮らす長屋の戸が叩かれ、外に出てみるとベロ藍が入った壺が置かれていた。そして男は道の向こうに、歩み去る女の背をみつけた。

——ああ。なんて、美しいのだろう。

男の方もまた、その身に呪いのような愛を宿していた。ただ背を向けて歩く姿をみただけで女を愛し、そして間もなく、八〇〇年ぶんの記憶を取り戻した。

すべてを思い出して、男は一点の絵を描いた。

のちに「浄土の桜」と呼ばれるそれは、八〇〇年前の平安の世で、女と花見を約束した桜が咲く景色を描いたものだった。

■

春雪の手による「浄土の桜」は未完である。

なぜなら記憶の中の景色を墨で描き出し、さあいよいよ女が残していったベロ藍の出番だというところで、外が騒々しくなったからだ。

このベロ藍は出処が怪しいものだろうと、男にもわかっていた。そこで男は咄嗟に、描きかけの絵を隠した。

間もなく戸が開き、数人の男たちが押し入る。男が異国船と取引を行っているとの密告があり、奉行所が動いたのだった。

男は、我が身に起こったことを、おおよそ察していた。

——きっとあの女性《ひと》が、目をつけられていたのだろう。

彼女からベロ藍を受け取ってすぐ捕らえられることになったのだから、そう考えるのが筋である。

異国船との密通は重罪だ。けれど事のあらましを話してしまえば、あの女性が危機に陥ることになる。

——これで今生が終わるとしても、彼女が穏便に生きられるのであれば、まずまず安い買い物だろうな。

そう男は考えた。

輪廻の記憶を取り戻してみれば、今生は別段、悪くもない。裕福ではなかったが、描きたい絵ばかり描いて暮らせた。後ろ姿だけとはいえ、女の姿をみることも叶った。これでもう充分だ。

読み上げられた罪状に、男は答えた。

「万事、おっしゃる通りでございます」

心残りはただひとつ、桜の絵がまだ仕上がっていないことだ。あれに青を入れれば、今生の集大成になっただろうに。

とはいえ一枚の絵より、愛する女の平穏の方が重要なのは言うまでもない。

男の死を女が知ったのは、少しあとのことである。

あるとき酒に酔った番頭が、女の前で口を滑らせたのだ。

「お前はあの絵師を好いているのだろう？　けれど奴はもういない」

密貿易の取り締まりが強化される中で、自身に捜査の手が及ぶことを怖れた商人は、方々に賄賂を撒くと共に一計を案じた。罪を何者かに押しつけて、御上に差し出そうという考えである。

この密命を受けた番頭は、罪を被せる相手を探した。

そのさなか、女がベロ藍を欲しているのを知り、後を追ってみれば江戸の浮世絵師を訪ねていた。よって、その男を標的に定めたのだ。商人と番頭の計略は思いのほか上手く進み、浮世絵師はただのひと言の申し開きもなく囚われたのだという。

「役人やら漁師やらに、ずいぶん金を撒いたものだ。けれど腰抜けが相手では、要のない費《つい》えであったよ」

番頭は得意げにそう言った。

女は江戸に急いだが、すでに男は首を斬られたあとだった。

けれど彼は、一作の絵を残していた。

輪廻の記憶を失った女は、そこに描かれた桜の意味をもう知らない。けれど墨だけで描かれたその絵が、未だ完成に至っていないのだとわかった。

白い桜の後ろに、鮮明な青がいる。春雪が好んだ青。女には青が塗られたあとのその絵が、ありありと思い浮かんだ。

――ここに、青を塗らないといけないんだ。

女はそう確信した。


まだあどけなさが残る顔つきの辻さんをみつめて、私は告げる。

「あの絵に青が塗られたのは、春雪と名乗った浮世絵師が死んだあとなのです。だから、そうですね。極端に言えば、あれは春雪の青ではない」

「そんな――本当に？」

辻さんは、納得がいかないようだ。

「だって私は、春雪の絵をたくさんみてきたのに」

これは別段、辻さんの目が曇っているわけでもない。

あくまで最後に青を塗ったのが本人ではないだけであり、絵を描いたのが春雪なのは間違いない。周りの筆遣いやら構図やらでも色映えは変わるのだから、やはり文通録にある絵の青にも、それなりの個性は出ているだろう。

私は、ふっと息を吐いて話を進める。

「なんにせよあれは、特別な青ではありませんよ」

ただあの時期に、江戸で手に入ったベロ藍である。

辻さんは、呆《ほう》けた様子で呟く。

「では、どうすれば私は、理想の青を塗れるんですか？」

「さあ。私にはわかりかねます」

正直に語るなら、今さらベロ藍ばかりにこだわる必要はないだろう。

かつてベロ藍が特別だったのは、それまでの染料、顔料では出せなかった鮮やかな青を描けたからである。けれど今の世では、鮮やかな青などありふれている。文房具店で売られている絵具と比べて、ベロ藍が劣っているとはいわないが、特別に優れているわけでもない。もし江戸の絵師たちが令和に生きていたなら、この時代の絵具を使うはずだ。

けれど、こういった意見をうだうだ語る老婆心は、辻さんも求めていないだろう。よって私はやや強引に、オモイカネさんに話を振る。

「辻さんが披露したこの席画、宴の主催はどうお考えですか？　正しく評定を下すには、文通録と見比べる他ないようですが」

オモイカネさんは変わらず煙管をふかしながら、軽く肩をすくめてみせる。

「だそうですよ、イチさん。ちょっと文通録を出していただけませんか」

イチさんは、不機嫌そうに「ああ?」と呻《うめ》く。

「知るか。もともと、興味もない出し物だ」

「あの書を人目にさらせない理由でも?」

「黙れよ。見え透いたことを――」

オモイカネさんの問いかけに、イチさんの声が熱を帯びつつあった。

けれどそれを遮るように、すぱんと景気の良い音が鳴り響く。部屋の戸が勢いよく開け放たれたのだ。

そちらをみれば、小柄な女性が立っている。腰まである長い髪を白いほどの金色《こんじき》に染め、喪服じみた黒いパンツスーツに身を包んだその女性が、睨めば切れるほどに迫力がある目つきで部屋を見渡す。一見すると年齢不詳だが、おそらく若くはないだろう。

けれど私の目を惹いたのは、その女性自身ではない。

彼女は左肩に、祥子を担いでいた。彼女は頬に打撲の跡があり、トレンチコートの裾も破れている。

オモイカネさんが声をかける。

「ご苦労様です、真澄《ますみ》さん。意外に時間がかかりましたね」

「ああ、滅法疲れたよ」

真澄と呼ばれた女性が、担いでいた祥子を投げ捨てる。いつもの彼女であれば、軽く受け身を取っていただろう。けれど今はよほど疲れているのか別の事情があるのか、そのまま畳で「ぐえっ」とつぶれる。

私は小走りで祥子のもとまで駆け寄り、片膝をつく。

「意外ですね、貴女が捕まるのは」

彼女は畳に倒れこんだままではあるものの、まずまず元気な様子で答えた。

「いやあ、私もびっくりしたよ。なんか、身体が動かない」

祥子の身体のあちこちに、札がぴったり張り付いている。おそらくそれが、祥子に呪《まじな》いをかけているのだろう。私は乱雑に札を剝がす。

そうしているあいだに、声が聞こえた。

「まさかとは思っていましたが――」浮島さんが、よろめきながら立ち上がる。「貴女だったのですね、真澄さん」

彼の口から漏れ出るのは、いつもの無暗な自信に満ちた声ではない。か細く、緊張したように震えている。

「浮島です。といっても、貴女はお忘れでしょうが」

これに、真澄さんは冷ややかに答える。

「どこかで会ったかな?」

「英城郡を、ご存じですね?」

「私の故郷だよ。もう四半世紀も前に引っ越したけれど」

「当時、貴女は保育士をされていました」

「今もしている。たまにパートで、物の怪を祓《はら》ったりもする」

「そう。お元気そうで、よかった」

ふたりの話に、私は内心で驚愕していた。——真澄さんという方、令和の世に似つかわしくない古兵《ふるつわもの》じみた眼光を持ちながら、本業は保育士なのか。園児よりも武装集団を率いていそうなものだけれど。

「英城郡の保育園で、身の程知らずにも貴女に告白した園児がいたのですが——」

「ああ」浮島さんの言葉に、真澄さんはクールに微笑む。「なんと、龍之介くんか。見違えたよ、あの頃はクラスでも身体が小さい方だったのに」

想像だにしない、しかもまったく今宵の本筋には関わりのなさそうな話である。

しかしかつての浮島さん、保育園児の身でありながら、ひと目で強者だとわかる真澄さんに懸想したのであれば、やはり只者ではないのだろう。

「君から、髪留めをもらっただろう？　ほら、あのロケットの」

「はい。貴女が引っ越してしまうというから、ラブレターと一緒にお渡しした」

「実は娘にやってしまった。いつか謝らなければいけないと思っていたんだ」

「かまいませんよ。貴女のものです。姫路での暮らしは、どうですか？」

「ずいぶん前に、京都に越した」

「そうですか。京都——京都、か」

このふたりのやり取り、無益といえば無益だが、なんだか妙に気にかかる。どうやら周りの神々も、ほんのりラブロマンスの香りを感じ取ったようで、小神ばかりか湯山主神や下照姫まで固唾を呑んで話の行方を見守っている。その隣で辻冬歩さんは、どことなく気まずげである。

一方、ひとり今宵の本筋を素直に追うのが祥子だ。彼女は札が剝がれたことで身体の自由を取り戻し、私の耳元で囁く。

「文通録は、みつからなかった」

「そうですか」

「たぶん、今もイチさんが持ってるよ。部屋はよく捜したから」

なるほど。であれば、盗みは困難だ。相手はあれでも力のある神なのだから、不意を打てるとも思えない。

けれど祥子は、不敵な笑みを浮かべる。

「在り処がわかれば、あとは掠め盗るだけだね」

彼女がその気なら、私が止めても仕方ない。

「お気をつけて」

「うん」

祥子が駆け出す。身を屈めて、滑るように。周りの神々はまだ彼女の動きに気づいていない。

——いや、一柱。イチさんだけは蛇の瞳で、ぎらりと祥子を目で追った。

朗々と祥子が叫ぶ。

「愛に、生きろ！」

この唐突な台詞、おそらくなにかの符丁であろう。現に、ひとりが反応する。黒装束の小柄な男――小東さんである。

意外ではあったが、背景には想像がつく。

小東さんは、オモイカネさんから指示を受け、文通録を盗む和谷さんを探していた。おそらくそのときに祥子と接触したのだろう。ふたりのあいだでどんなやり取りがあったのか定かではないが、彼を上手く味方に引き込んだようだ。

「おい神さま！　杏さんの本を返せ！」

小東さんはそう叫び、無謀にもイチさんに飛びかかる。イチさんは身を捻って躱《かわ》そうとしたが避けきれず、小東さんの指先が胸元に触れる。が、水神の肉体は水面のように、つうと波紋を走らせる。小東さんはそのままイチさんを通り抜け、奥の壁へと突っ込んだ。

――今の動き、なにかおかしい。

水神であるイチさんの身は易々《やすやす》と形を変える。現に小東さんは、イチさんに触れられなかった。ならばどうして、イチさんは身を躱そうとしたのか？

理由は明白である。小東さんの手を躱したのは、イチさん自身ではない。彼がどこかに隠し持った、実体がある物質――つまり、文通録だ。であればそれの在り処にも想像がつく。先ほどイチさんは、自身の背を隠すように身体を捻った。

刹那のあいだに、同じ思考を辿ったのだろう。イチさんに肉薄した祥子の右手が、目にも止まらぬ速さで振り上げられる。その手もまたイチさんの身体を通過して、そして頭上に掲げられたときには、すでに文通録をつかんでいる。

――すり盗った。

が、祥子の動きにイチさんも反応している。

「はしゃぐなよ」彼は文通録を持つ祥子の右腕を、がっちりとつかんでいた。「てめえ、やりすぎだ。文通録を離せ」

間近でイチさんが凄んでみせる。

だが、祥子は動じない。

「手にした獲物を離すのは、泥棒の矜持《きょうじ》に反するね」

「腕を折るなどわけもない」

「それは嫌だな。痛そうだし」

祥子が腕をつかまれたまま手首を返し、ひゅんと文通録を放り投げる。

ぱたぱたと羽ばたくように宙を舞うその古書を見上げて、彼女が叫んだ。

「賽は、投げられた！」

直後に、四人が動く。

まずは壁で潰れていた小束さんが、意外にも俊敏な動きで立ち上がって駆け出した。それに続いたのは、あの弾き語り以降、黙り込んでいたノージーさんだ。和谷さんは、未だに縛られている身で無理に身体を動かして、その場で倒れて宙を見上げる。一歩遅れたのは浮島さんだ。彼であれば真っ先に反応していそうなものだが、湯山主神とやり合った影響がまだ残っているのかもしれない。

「やめろ！」イチさんが叫ぶ。「それに、近づくな！」

この場に集った人々は、誰ひとりとして神の言葉を畏れもしない。

小束さんが畳を蹴った。けれど、それより先に、背の高いノージーさんの指先が文通録に触れる。――直前。

耳をつんざく、悲痛な叫び声が聞こえた。

「本当にダメ！」

その声の主は、宙に浮かんでいた。薄紅色の漢服を着た美しい女性である。

――魃。

かつて、日本の神々が大陸から招聘した日照りの神が、文通録から顕現した。その身に高熱を宿す彼女から、むありとサウナじみた熱風が吹く。

「意外に、あっさり出てきましたね」

私の呟きに、いつの間にか隣に立っていたオモイカネさんが答えた。

「そう軽く言うものではありませんよ。魃さんは人をひとり救うため、緊急避難したのですから」

「どういう意味です？」

「文通録の封印はすでに解けかけ、魃さんの力が溢れていました。イチさんがあの書を抱え込んでいなければ、城崎の温泉が干上がっていたほどです」

なるほど。どうもイチさんに元気がない様子だったが、日照り神の力を抑えていたのが原因か。

得心する私の隣で、オモイカネさんが悠々と続ける。

「けれどイチさんのもとから文通録が離れてしまえば、魃さんの力を押し止めるものはなにもない。人があれに触れたなら、指先から干からび朽ちてしまうでしょう。よってそれを避けるため、魃さんは自ら文通録を離れたというわけです」

「なんと危険な。どうして、言ってくれないのです？」

私の苦言に、オモイカネさんはにたりと笑う。

「だって僕は魃さんも、今夜のパーティーにお招きしたかったものですから」

今のこの状況、おそらくはなにもかもが、オモイカネさんが謀った通りだろう。

イチさんは水神であり、水神は辺り一帯の豊穣を司る。その性質に従えば、日照り神を捨て置くことは難しい。

現にイチさんは、ちっと鋭い舌打ちを漏らし、宙に浮かぶ魃さんへと歩み寄る。間もなく彼の姿が、一匹の巨大な白蛇へと変貌する。蛇を嫌う祥子が「ぎゃあ」と叫んで腰を抜かす前で、彼は魃さんに絡まるように、ぐるりと大きなとぐろを巻いた。

美女を締め上げる大蛇――けれど苦しげなのは、むしろイチさんの方である。二神の矛盾する性質がぶつかり合い、彼の鱗がじゅうと音を立てる。

その様子をみつめて、オモイカネさんが告げる。

「伊和大神は根本を間違えています。あの水神を説得する必要などない。ただ彼が、自《おの》ずから魃さんを封じるよう、背を押してやるだけでいい」

「よくもイチさんが、貴方の想定の通りに動きましたね」

彼であればオモイカネさんへの反発心だけを理由に、自身の役割を投げ出しても不思議はない。

しかしオモイカネさんは、自信に満ちた様子で煙管を吹かす。

「いえ。こうなるより他にない状況です」

「ですが神とは、我儘なものなのでしょう？」

「くだくだしい理由は必要ありません。愛する女性《ひと》がいるこの場において、あの水神が日照り神の力を抑えないわけがない」

なるほど。この賢神、意地の悪さは比肩《ひけん》するものがない。

オモイカネさんが、宙で絡まる二神を煙管で指す。

「さあ真澄さん。今です、封印を！」

けれど、どうやら初めてオモイカネさんの思惑が外れたようだ。

真澄さんが、変わらずクールな口調で答える。

「いや、できない」

「なんですって？」

「札を切らしたんだよ。先ほどやりあった泥棒が、想定外に厄介だった」

「なんと。では、早く描いてください！」

「まあ待て。小束にやらせる。――冬歩、顔料は？」

あちらがごたごたと泥縄式に札を拵《こしら》えているあいだに、こちらでは魃さんが、イチさんとの再会に瞳を潤ませる。

「どのような形であれ、またお会いできて嬉しゅうございます。どうか、どうか私と、もう一度封じられてはいただけませんか？」

これにイチさんが、苦々しげに答えた。

「馬鹿が。オモイカネの思惑に、軽々しく乗るんじゃねぇ」

「ですがもう、他にはどうしようもない状況ではないですか」

「気軽に諦めるんじゃねぇよ。お前だって周りの都合で、勝手に封じられる我が身が悔しいだろうが」

「いえ。私はもともと、深く山奥に幽閉されておりました。それがこうして海を渡って異国の地を訪れ、さらには貴方に巡り会うこともできたのですから、これ以上望むことはございません」

「お前は、神ならばもっと身勝手であれ！」

こちらはこちらで、意見がまとまる様子もない。真澄さんが札の用意を終えるまでに、さっさと逃げ出してしまえばとも思うが、外から口出しする話でもないだろう。狂瀾怒濤のこの状況、私はすでに我関せず、成り行きに身を任せようと決めている。

そこで祥子に歩み寄ると、畳の上で胡坐をかいた彼女がこちらを見上げた。

「なんかよくわかんないんだけど、もしかして私のせいで、けっこうやばい感じ？」

「いえ。貴女は言葉の通り、賽を投げただけですよ」

魃さんの顕現は、オモイカネさんの思惑通りである。よってこの場で悪を定めるなら、諸悪の根源はあの賢神だろう。一方で被害者らしきイチさんも、無暗に恰好をつけて独り危うい文通録を抱え込んでいたのがいけない。もし彼が早々に事情を説明していたなら、こちらの動きも違っていた。

だいたいがイチさんも、私からの同情など望んではいないはずだ。であれば、雄弁は銀、沈黙は金。余計な口は挟むことなく、話の行く末を見守ろう。

それよりも、と私は話題を変える。

「どうやらオモイカネさんが、巨大なクリスマスケーキを用意したようなのです」

「そいつはめっちゃ羨ましいね」

「私たちも誘われておりますから、このごたごたが落ち着けば、一緒にご相伴にあずかりましょうか」

祥子はひとたび、顔を綻《ほころ》ばせるが、間もなく口元を引き締めた。

「でもさ、私たちのこのあとは、文通録を抱えて逃避行の予定じゃない？」

「いえ。イチさんが封じられそうな雰囲気ですから、逃げる理由もなくなるはず」

「やった！　じゃあさ、あとでもう一回、街に繰り出して乾杯しようよ」

「お。良いですね。実は目をつけているバーがあるのです。せっかくのイブの夜、真っ赤なキールロワイヤルなどいかがです？」

と、私たちは終戦ムードを漂わせ、和気藹然《あいぜん》と今後の予定を詰めていたのだが、事はそうすんなりとは運ばないようだった。

やがて魃さんの、悲痛な叫び声が聞こえた。

「貴方は私と一緒になるのが嫌だから、そんな風に言うんだわ！」

痴話喧嘩が縺《もつ》れに縺れ、そろそろ破綻の様子である。

「論点はそこじゃねぇ！　お前はホントに話が嚙み合わねぇな！」

イチさんが叫び返すが、これはおそらく逆効果であろう。相手を説得したいなら、論点など後回しにして、まずは気持ちに寄り添えば良いのに。まあ、あの荒魂に、そういった器用なことができるはずもない。

二柱がきゃんきゃん叫び合う。

「添い遂げることが叶わぬなら、実家に帰らせていただきます！」

「大陸に大旱魃《かんばつ》を招く気か！」

「今の私のお家は、文通録です！　あの中で、貴方の思い出と共に枕を濡らして暮らします！」

「てめぇの涙なんざ、零《こぼ》れた途端に乾くだろ！」

こちらこそイチさんに言いたい。論点はそこではない。

日照り神の力でじゅうじゅうと焦がれているイチさんに対し、魃さんの方は、まだしも余裕がある様子だ。身に絡まる大蛇からするりと抜け出す彼女をみて、辺りの小神たちが海を割るように退き道ができた。

「後を追うならお早めに！」

魃さんはそう言い残し、窓の外へと飛び出していく。

「あれ？」と祥子が呟いた。「文通録って、どこにあんの？」

そういえば、ノージーさんの姿がない。

浮島さんの手でようやく拘束から解かれた和谷さんが叫ぶ。

「ノージーさんはずいぶん前に、逃げ出していきましたよ！」

チームプレイに忠実なのか、それとも文通録の独占を狙ったのか。ノージーさんの思惑は読めないが、千錯万綜《せんさくばんそう》のこの場をさっさと離れた判断は見事である。

呑気に感心する私の隣で、祥子が鋭く言い放つ。

「やばいね。追うよ」

「たしかに。魃さんが追いつけば、ノージーさんの身が危険かも」

「それもだけど、文通録も」

祥子はすでに立ち上がり、歩を踏み出している。

無論私も、その後ろに続いた。

「というのは？」

「神戸のホテルの一件で、あの人の鞄をせしめたでしょ？　そこに、ライターとオイルが入ってた」

ノージーさんは煙草を吸わない。少なくとも喫煙する姿をみたこともなければ、その臭いを感じたこともない。

「文通録を、燃やすつもりかも」

戸を開きながら囁いた祥子のひと言が、宵待亭の空気を一変させた。


私たちにとって、文通録とはなんだろう？

それは歴史である。それは思い出である。それは、愛と呼ぶべきか恋と呼ぶべきか、ひとつの想いの結晶である。けれど、この現世において、あの古びた一冊の書が、いったいどれほどの価値を持つだろう？

もしもあれが燃えたなら、私は悲しむだろうか。私は涙を流すだろうか。

我が身のことであれ、なぜだか少しもわからなかった。

私は、文通録をどれほど愛しているのだろう？

つまりはこれまでの、私たちの記録を。

宿を飛び出せば、城崎の更けた夜を、煌びやかなイルミネーションが照らしている。

どこからかクリスマスソングのスタンダードナンバーが漏れ聞こえるが、今はそのタイトルを思い出せなかった。

3話　愛されてんだと自覚しな

クリスマスイブの夜は、街がふんわり浮かれている。

その理由は、ケーキが甘いからだろうか。シャンパンの泡が綺麗だからだろうか。見上げれば月の片隅に、サンタの影が映るからだろうか。

無論、理由は、人それぞれであろう。

けれど大別すれば、なんということはない。

家族が大事であればその家族が、恋人が大事であればその恋人が、隣でただ笑っていることで、誰も彼もがこの夜を聖夜と呼ぶ気になるのだろう。

私たちはジングルベルの只中を、笑いもせずに駆け回る。

「急ごう」祥子が囁いた。「私は西に」

「では、私は東に」

ふたり共に頷き合い、二手に分かれて一冊の本を捜す。

川向こうの旅館の明かりが漏れる窓から、メリークリスマスの掛け声と共に、クラッカーが弾けるのが聞こえた。

浮島龍之介の花

浮島龍之介にとって、初恋の女性《ひと》との再会は、まったく想定外だった。真澄——かつては苗字が違ったが、今は辻真澄。

彼女が目の前に現れたことが、意外だったわけではない。金星台山荘で、幼い頃の浮島が苦心して飾り付けた髪留めをみつけたときから、再会の予感はあった。想定外だったのは浮島自身の心情である。

——京都。

彼女は今、京都で暮らすのか。

ひとりの人間としての浮島龍之介の人生は、冬の朝方に病院の分娩室でおぎゃあと声を上げたときから始まった。けれど、今現在まで繋がる浮島龍之介という人格は、やはりあの幼い日、仄かな初恋が無残に破れたときから始まったのだろう。

——だって、ここにはなにもないもの。

そう言い残し、真澄さんは我が英城郡から去った。お隣の姫路市に引っ越してしまった。

姫路市は立派な市である。「日本の城ランキング」でトップを定位置とする姫路城がある。寺も神社も食うものも、みな名物を持っている。けれど。とはいえ英城郡も、捨てたものではない。初恋のあの人を奪った土地に、どうにか一矢、報いたい。その想いが浮島の始まりだった。

――だが、京都。

あの人は、姫路さえ離れて、今は京都に。

京都の令名は姫路市どころではない。世界に名だたる古都である。あれは魔窟だ。歴史と名物の坩堝のようだ。市役所のエレベーターを漆で塗るような観光の名所に、いったいどう太刀打ちしろというんだ。古い桜の木を一本、この世に生き返らせたところで、竹やりでF‐22戦闘機に戦いを挑むようなものではないか。

素直に認めてしまおう。すでに、浮島の心は折れていたけれど。

――心が折れるなど、掠り傷なんだよ。

なおも浮島龍之介は立ち上がる。

神との相撲でぼろぼろになった身体で。京都という敵対することも叶わない巨大な絶望に砕かれた心で。縋るものはひとつだ。これまで幾度も夢想してきた、鹿磨桜の満開の景色、ただひとつきりだった。

もともと、浮島にとって鹿磨桜は手段に過ぎなかった。

英城郡に、名物を！　あの女性が「なにもない」と言った我が故郷に、たったひとつでも誇れるものを！　この思いが、始まりだった。

今はもう、そうではない。

咲き誇る鹿磨桜の下を歩く――いつの間にか、それこそが浮島の目的になっていた。手段が、目的に取って代わったのだ。

人はこれを、愚かなことだと言うだろう。昨日までの浮島でさえ、それを愚かと呼んだだろう。

――だが、あの花がオレの夢なんだ。

無心に追い求める夢を、自分で選んでなにがいけない？　もしもその夢に続きがなかったとしても、たったひとつの景色を目指して歩み続けることを、人生と呼んでなにがいけない？

浮島は駆け出す。

ただ一冊の古書、徒名草文通録を捜して。

胸の中に咲く、純白の桜を目指して。

――文通録を、燃やすつもりかも。

守橋祥子が呟いた、その言葉が耳の中で反響した。

朦朧とする頭に血が上り、時間の流れもよくわからなかった。

城崎のクリスマスイブのゆったりとした喧騒の中を、走って、走って、走り回って、ふっと足を止めて夜空を見上げた。

いや。浮島がみたのは、空ではない。その空をちろちろ照らす赤い炎だ。

城崎の街から南を向けばそこにある、来日岳《くるひだけ》が燃えている。

辻冬歩の色

言われてみれば、なんだか前から、そうと知っていた気がした。

——春雪の青は、ただのベロ藍である。

ベロ藍は、今の世では多少珍しくはあるけれど、特別な色でもない。製造法がよく知られており、冬歩の美大でも作ろうと思えば作れる。実際、これまで何度も、その青を作ってきた。

ならば春雪の青が特別なのは、彼の技に由るものだろうか。熟練の浮世絵師の筆遣いが、ありふれた染料を唯一無二の色にするのだろうか。

けれどこちらの想像も、すでに否定されている。あの美しい「浄土の桜」の青は、春雪の手で塗られたものではないというのだから。

——なら、私が憧れた青は、なんだったんだろう?

好きな青は、たくさんある。

フェルメールにもピカソにも素晴らしい青があり、ポカリスエットのパッケージだって大好きだ。ふと頭上に目を向ければ、空の青は日ごと時刻ごとに趣を変えて飽きがこない。

その中で、春雪の青だけが、殊更に特別だった理由。

あるいは。もしかしたら。

――私は、幻想に憧れていたのかもしれない。

なんだか恋に恋するように。

幼いころ、たまたま目にしたのが春雪の青であり、そのときの無垢な憧れが彼の色を特別上等なものにみせたのだろうか。だとすれば、いつか根拠のない憧れから目覚めたとき、彼の青もありふれた色に戻るのだろうか。

ううん、と冬歩は首を捻る。

自分自身の迷いが、ひどく的外れなものに思えたのだ。

――まあ、どうでもいいよね。

そう冬歩は結論を出す。

――好きなものは、好きなんだから。

せっかくみつけた愛に、根拠を求めるなんて無益だろう。

だってずっと探し続けた青が、もしも幻だったとしても、その幻を我が手で形にすればいいだけだ。絵というのは、夢想を現実に描くものだから。

——とりあえず、文通録を捜しましょう。

なぜなら今も、春雪の青に憧れているから。

冬歩が足を踏み出すのに、これ以上の理由はいらない。


そして冬歩は夜の城崎を彷徨《さまよ》い歩く。

行き先はわからないけれど、それでもゴールは知っている。

はぐれた恋人を捜すように、愛しい青を求めて進む。

すれ違ったカップルの、一方の頭に赤い帽子が載っているのをみつけて、そういえば今日はイブだったなと思い出す。

——雪でも降ればよいのだけど。

そう思って、足をとめた。

けれど、夜空に雪は見当たらない。

ただ、向こうにみえる山から、赤い火の手が上がっていた。

和谷雅人の祈り

以前から、嫌な予感があったのだ。

――ノージー・ピースウッドは、どうして文通録を求めるのか？

浮島龍之介や辻冬歩はわかる。それぞれ文通録に、彼や彼女が欲するページがある。けれどノージーは文通録を――そこに載っている三味線の譜面を、心から求めているのだろうか。

きっと、違うはずだ。彼は決して「雪花夢見節」を愛してはいない。大切なのは彼自身の楽曲「タートルバット」だけなのだ。彼にとって、盗作疑惑の根源である「雪花夢見節」は、むしろ邪魔者だったはずだ。

つまりノージーは「雪花夢見節」を排除したくて、文通録を求めたのではないか。「タートルバット」をただひとつのオリジナルにする為に、あの類稀な古書をこの世から消し去ろうとしたのだ。

自身の想像に、和谷は震えた。

寒気でがたがたと奥歯がなり、目には涙さえ浮かんでいた。

――元はといえば、私が悪いのだ。

古書の平穏は、容易く守れるものではない。

温度湿度が合わなければ、とたんに紙が悪くなり、黴《かび》を生やすこともある。管理が行き届いていなければ、虫に食われることもある。日の光どころか蛍光灯でさえ紙が焼けて変色する。

なによりも天敵は、無知な人間そのものだ。奴らは気軽に古書を捨てる。紙とインクに込められた人々の記憶を、英知を、深い想いを、顧みもせずゴミに出す。資源ゴミとは何事だ。書とは決して資源ではない。モノづくりのピラミッドの頂点に立つ、文明の成果の結晶そのものだ。

ああ。徒名草文通録。

――私は、あの美しく荘厳な稀覯本と、添い遂げる覚悟を持たなければならなかった。爪に火をともす日々を送ろうとも、借りた金の重みに我が家が押しつぶされようとも、決心が揺らいではならなかった。

なのに和谷は一時の気の迷いで、文通録を手放そうとした。その弱腰が、あれを悪漢の手に渡す事態を招いた。

和谷は震えながら決意する。

――ノージー。貴方が文通録を燃やすなら、私は貴方を燃やします。

無論、あの男が燃えようが燃えまいが、文通録は返ってこない。世に問えば、賢《さか》しらな人々は「復讐など無益である」と言うだろう。「人の命と、たかが本との価値なんて、比べるまでもない」と言うだろう。

そんなことはわかっている。けれど、この気持ちが収まらない。復讐とは、理屈を並べて為すものではない。誰に捧げるものでもない。ただ、自分の気持ちだけで為すものだ。

――できるなら、私は人殺しになりたくない。

だから、ノージー。早まるな。

ようやく拘束から解かれた和谷は、そう祈りながら駆け出した。


当てもなく、走り、走り、息が上がり心臓が悲鳴を上げてもなお走る。

するとやがて、城崎の街が騒ぎ出す。

大谿川沿いを行く人々が足を止めていた。

御所の湯やらセンター遊技場やらから、わらわらと人が通りに出てくる。彼らは一様に、来日岳をみつめる。

和谷もそちらに目を向けて、自身の祈りが天に届かなかったことを悟った。

来日岳が燃えている。これは忌々《ゆゆ》しきことである。

城崎の街からは、すでに消防車がウーウーカンカンとサイレンを鳴らすのが聞こえていた。けれど出火は山中であり、到達には多少の時間がかかるだろう。

燃えているのは、来日岳の裾《すそ》である。まだ範囲はそれほどでもないようだが、火柱が高く上がって澄んだ真冬の夜空を焦がす。これはおそらく、魃さんの影響だ。彼女の周囲では、草も木も空気も乾く。なにもかもが乾くから、瞬く間に火で燃える。これでは山火事がどこまで広がるかわからない。

私は短い足をぱたぱた動かし、山道を息急《いきせ》き駆ける。

途中、ぜいぜいと苦しげに走る和谷さんを追い抜いた。「ご無理なさらず」と声をかけてみたものの、あちらは必死の様子で返事がない。

火元にたどり着くのに、そう時間はかからなかった。

轟々と燃える炎に歩み寄ると、熱がむわりと顔に張りついた。

「君も来たのか」

そう声をかけてきたのは浮島さんだ。

湯山主神との一戦で顔を腫らした彼は、なにか諦めたような微笑で炎をみつめる。

「これでは、文通録は灰だろうね。鹿磨桜も、もう燃えた」

はい、と私は短く応える。

——なんと、呆気ないことだろう。

輪廻を続けるふたりの魂の傍らにあった一冊が、この炎で消え去った。

私には、悲しいのかそうでもないのか、未だによくわからなかった。どうにも実感が湧かないというのが正直なところだった。

呆けて炎をみつめていると、揺らぐそれの向こうで、ちろりと影が動いた。

影は間もなく実体を持ち、炎を突き抜けて現れる。ほっそりとした体つきの、長身の男――ノージー・ピースウッドその人である。

よほど夢中で走ってきたのだろう、ノージーさんは躓《つまず》き、転び、地を転がりながら「あち、あち！」と騒ぐ。けれど私がみたところ、彼はあちこち煤《すす》けてはいるものの、怪我らしい怪我もない。この炎で焙《あぶ》られてきたわりには驚愕の息災っぷりである。

「おや、ノージーさん。ご無事でなにより」

声をかけると、彼の方もこちらに気づき、よろよろと立ち上がる。

「ああ。岡田さん。まさか、こんな――」

と、そのとき、どたどたと足音が聞こえた。

和谷さんが追い付いたのだ。彼は異様にぎらついた目で、ノージーさんに駆け寄った。かと思えば勢いそのままに、握りしめた拳でノージーさんを殴り飛ばす。

倒れた彼を見下ろして、和谷さんは裏返った声で叫ぶ。

「貴様、なんということを！」

この人にも、抑えきれない想いがあるのだろう。けれど、そうそう暴力など振るうものではない。私は和谷さんの前に立ち、「どう、どう」と両手で制する。そのあいだに、浮島さんに助け起こされたノージーさんが叫んだ。

「痛い！　まだ痛い！　いったいどうして、僕を殴るのです！」

「知れたこと！　貴様、自分がなにをしたのか考えなさい！」

和谷さんに倍の勢いで叫び返され、ノージーさんが「うう」と日和《ひよ》った。彼は小声でぶつぶつと言い訳をする。

「たしかに、この火事は――ですが、みんな事故なのです」

「事故で火がついたというのですか！」

「だって、こんなに木々が容易く燃えるとは思わず――」

「木なんて今は、どうでも良い！　話を逸らさないでください！」

「逸らしているつもりはありません！」

白熱するのは結構だが、実の熱からは距離を取りたい。ひとまず今は、この山火事から逃げ出すべきだろう。

けれど炎を瞳に宿した和谷さんは、正気を失った様子で叫ぶ。

「貴様、どうして文通録を燃やした！」

これにノージーさんは、え、と呆けた声を上げた。

「あの。僕が燃やしたのは、文通録ではありませんよ」

私の頭にクエスチョンマークが浮かぶ。みれば和谷さんは、溺れた金魚のように口をぱくぱくとさせていた。

ノージーさんは、先ほど自身が走り抜けてきた炎に目を向ける。

「燃やしたのは、僕のスコアです」

その呟きは、炎の前にあっても、妙に寒々しく響いた。

ノージー・ピースウッドの絶望

もしも、徒名草文通録を手にしたなら。

そしてそこに載っている「雪花夢見節」が、言い訳のしようもないほど「タートルバット」に酷似していたなら。

——僕は、僕を燃やしてしまおう。

そうノージー・ピースウッドは決めていた。

とはいえ自殺を決意していたわけではない。燃やそうと決めたのは、一曲の——だがそのわりにはずいぶん分厚い、「タートルバット」のスコアだった。

この曲のスコアには、二一のバージョンがある。七歳の頃からデビューまで、一六年ものあいだ悩み抜いて書き記してきたものだ。

分厚いスコアを握りしめ、ノージーは考える。

——ノージー・ピースウッドとは、「タートルバット」だ。

この曲に、ひとりの人間のすべてが詰まっている。無数の迷いと苦悩があった。一時の栄光と長く重苦しい挫折があった。そして、緩やかな回復があった。

けれど、今日。このイブの夜。文通録を手に入れて、一〇〇年も前に記された三味線の譜面を確認して、手の中の自分自身を燃やす決意を固めた。

あとになにが残るのか、ノージー自身にも想像がつかなかった。

「おやめください」

と、そう言ったのは、宙に浮かぶ美しい女性だ。

彼女は天女を連想させる、ゆったりとした薄手の着物に身を包んでいる。

——魃。

中国から招請したという、日照りの神さま。その説明を受けたときにはぴんと来なかったけれど、たしかに月夜に浮かぶ彼女は神々しい。

「心配してくれるのですか?」応えながらノージーは、手元を見下ろす。「ありがとう。ですが、こうするより他にないんです」

ノージーの手には、二一ものバージョンのスコアがまとめて握られている。さらにそのスコアにはオイルが染み込み、じっとり重みを増している。

悲しいというより、虚しかった。もしも幽霊が、自分自身の遺体を見下ろしたなら、こんな気分になるのではないかと思った。けれど迷いもとくにない。すでにこの曲は死んだ――いや。本当は、生まれてさえいなかったのだ。ノージーが自分自身のすべてだと信じていた一曲は、一〇〇年も前の誰かから盗んだものだったのだから。

夜空に浮かぶ神が、また言った。

「どんな事情があるのか知りません。ですが、おやめください」

「やめられないのです。このスコアは、僕のものではなかったから」

「いえ、そういう話ではなく――」

「どうして？　それが、すべてです。僕の人生は偽物だった」

「話を聞いて！　本当に、今、火を使うのは――」

神の制止を振り切って、ノージーはライターに火を灯す。「ああっ！」と神が悲鳴を上げる。ゆらめく火がスコアに触れて、その直後、空気が弾けるように派手に震えた。手の中から想定外に巨大な炎が上がり、ノージーは思わずスコアを投げ捨てる。

――え。え。こんなに燃えるものなの？

いくらオイルを染み込ませたとはいえ、まるで爆発物みたいに。

腰を抜かしたノージーの頭上で、神が悲鳴を上げる。

「ああ、ほら、もう！　だから私の近くで火を使うなと言ったんです！」

「そんなこと、聞いていませんが！」

「言おうとしたのに貴方が聞かないから！」

とはいえ今は、この神と言い争っている場合ではない。火は草に移り、木を巻き込み、瞬く間に勢いを増していく。

これは、やばい。消火？　どうやって。消防署に電話？　というか、早く逃げないと死んでしまうのでは。――ノージーの脳内は混乱を極め、どうにか立ち上がったときにはもう炎に囲まれていた。

――なぜ、周りを取り囲むように燃えるんだ！

これは、幸運なのか不運なのか。ノージーの周囲三メートルほどは見えない壁があるように炎が堰《せ》き止められているが、先はすでに火の海だ。

「馬鹿が！」続けて頭上から聞こえた声は、男性のものだった。「てめえ、人が神の手を煩わせるんじゃねえ」

見上げればそこに、和装の男が浮かんでいる。イチと呼ばれていた神だ。彼はだらだらと大量の汗を流しながら、炎を割るように両手を開いていた。

「ええい、まったく苛立たしい。オレの目の前から、さっさと消えやがれ！」

そう吐き捨てる神に、ノージーは叫び返す。

「おっしゃる通りにしたいのは山々ですが、いったいどこに消えれば？」

「知るか！　どこに足を向けようが、けっきょくは火の向こうだろ！」

「炎に足を踏み出せというんですか！」

「他に行き場があるなら勝手にしやがれ！」

もちろん、行き場なんてない。けれど、炎の中を駆け抜ける勇気もありはしない。

——僕は、僕を燃やしてしまおう。

そうノージー・ピースウッドは決めていた。

とはいえ自殺を決意していたわけでもないのだ。


頭上の神連中は、しばらくのあいだ「追ってきてくれたんですね！」「お前の為に来たんじゃねえ！」と痴話喧嘩を繰り広げていた。だが、さすがに彼らにとっても、余裕がある状況ではないのだろう。やがてその声も消えてなくなり、あとには炎が燃えさかる音だけが残った。

ノージーは長々と、その炎をみつめていた。危険を冒して逃げ出すべきなのか、それともここに留まる危険を甘受すべきなのか。そんなの、どちらも選びたくない。危険そのものが嫌なのだ。

けれど、やがて時は来た。ノージーがうじうじと迷っているあいだに、炎の方がにじり寄って来たのである。水神もそろそろ限界を迎えつつあるのかもしれない。

炎の方から来るのだから、これはもう逃げるしかない。とはいえどちらに逃げようが、先は炎だ。

――ああ。僕は、ここで死ぬのか。

ノージーは目を瞑り、息を止めて駆け出した。


ノージーさんは、先ほど自身が走り抜けてきた炎に目を向ける。

「燃やしたのは、僕のスコアです」

その呟きは、炎の前にあっても、妙に寒々しく響いた。とはいえこちらにしてみれば、彼の感傷の相手をしている暇などない。

「では、文通録はどこにあるのです?」

急いて私が問いかけると、ノージーさんは「あ」と口を開く。

「僕の荷物と一緒に――だから、まだ、火の中かも」

彼の言葉に、「けっきょく燃えているではないですか!」と和谷さんが叫んだ。

私はその大声に耳を押さえながら、ふっと口元を緩める。

――いや。まだ文通録が燃えたと、決まったわけではない。

烈火を駆け抜けたにしては、ノージーさんはずいぶん軽傷だ。それにこの山火事自体、勢いのわりには妙に燃えている範囲が狭い。おそらく神が絡んでいる。であれば、多少の希望がある。

私はじっと炎をみつめる。

「よくわかりました。皆さんはお逃げなさい」

浮島さんが応じた。

「もちろん。君も一緒に」

その言葉に、私は答えない。すでに駆け出していたからだ。

神々しくもみえる炎の只中に足を踏み込むと、あまりの光で目が見えない。ダッフルコートの裾が燃え、私はそれを脱ぎ捨てた。熱いは熱い。苦しいは苦しい。酸素が足りず息が詰まる。けれど、死ぬほどではない。神が私を守っている。とはいえ神恵は万全でもない。ちりりと髪の先が焦げる。

——徒名草文通録とは、なんだろう?

それは歴史である。それは思い出である。それは、愛と呼ぶべきか恋と呼ぶべきか、ひとつの想いの結晶である。けれど、この現世において、あの古びた一冊の書が、いったいどれほどの価値を持つだろう?

——たいした価値など、ありはしないのだ。

徒名草の名の通り。

徒とは無益と同義であり、実を残さぬ花が徒花《あだばな》と呼ばれる。よって、ほんのひと時だけ咲き誇り、儚《はかな》く散る桜は徒名草の異名を持つ。

千年間繰り返す私たちの生は、徒花のようなものであろう。

決して実を結ぶことがない。益やら意義やらを問われたとして、上手く答える言葉もない。ただ散るだけの花のような――けれど、時にはまずまず美しく咲きもする。

あるとき、桜の押し花を持つ男のもとを、一羽のキジバトから転生した女が訪ねた。彼女が持参した文通録に、ふたり一緒にあの押し花を加え、春がくれば花見をして暮らした。

あるとき、桜の絵の背景に青を塗った女と、絵師の生まれ変わりとが出会った。男の方は輪廻の記憶を取り戻し、文通録をみつけだしてふたりの共作となる絵を加えた。それからもしばらく、ふたりで絵を描いていた。

あるとき、盲目の三味線弾きだった女に出会った男は、自分が山犬の生まれ変わりであると打ち明けた。そして文通録に、女の三味線の譜面を書き起こして加え、拾った犬と共にふたりと一匹で暮らした。

あるとき。あるとき。あるとき――

彼方が此方を忘れても、此方が彼方を忘れても、共にいられた時間がある。ほんの、ささやかな幸福が。徒名草文通録とは、その徒花の記録である。

やがて、炎の苛烈な光で遮られていた視界が、ふっと開けた。

火事を通り抜けたわけではない。その、中心に至った。私は深く息を吸う。

台風の目のように、わずかな範囲だけが燃えていなかった。イチさんが、必死の様子で炎を抑えている。

彼は地に片膝をつき、だらだらと脂汗を流しながらも、強い瞳でこちらを睨む。

「てめえ、遅えよ」

神の掠れた声を聞き、私は笑う。

イチさんの膝のすぐ傍に、文通録が落ちている。——彼はここで、ただ一冊の本を守っていたのだ。それが愛する女性にとって、特別な一冊だと知っているから。

「どれほど持ちます？」

「もう持たん」

「おや。思いのほか頼りない」

肌に感じる、炎の熱が増している。イチさんがすでに限界を迎えつつあるのだろう。強がることさえできないでいる彼の姿は、そうそう目にした記憶がない。

私はイチさんの隣にしゃがみ込み、幼子のように小さな手で土を掘る。悪足掻《あが》きだと知っている。だが手足が動くなら、足掻かないわけにもいかない。

「なにをしているんですか！」叫んだのは、魃さんだ。「イチさんも、あなたも、早くここから逃げてください！」

けれど私は手を止めない。残された時間が、どれほどあるのかわからない。掘れるだけ掘るつもりでいた。

イチさんが囁く。

「てめえ、それが愛のつもりか？」

「さあ。私にはわかりません」

「愛なんてものはまやかしだ。みんな夢と幻だ」

――ああ。なんとも、懐かしい言葉だな。

私は微笑む。

「けれどその夢幻は、千年程は持つようです」

「知るか。てめえの愛なんざ――」

「私ではない。貴方です」

イチさんが押し黙る。

真の愛なんてもの、終《つい》ぞみかけた例しがない。――そう言った神こそが、もう千年もひとりの女を愛している。神の身でありながら、顔をしかめて脂汗を流し、それでもただ一冊の古びた本を守っている。

私がちらりと彼をみると、イチさんが憎々しげに顔をしかめる。

「オレは、ここまでだ。仕上げろ」

真横に広げていた彼の両手の指先が、気化するように消えていく。その消失が、手首から腕へと進行する。それに合わせて周囲の炎が押し寄せる。

私はどうにか掘った穴に文通録を放り込む。それから辺りの土を掻いて、掻いて、掻き集めて。

どうやら私は、冷静ではないようだ。

気がつけばもう、炎がこの身を取り巻いている。

――これまで私は、何度死んできただろう?

どれほどの未練を残して逝っただろう。数えるのも馬鹿らしい。

さて、私の転生は、呪いなのか救いなのか。今生もまた、大きな未練と共に死ぬことになる。

悔しさも、悲しみもある。

ただ、すべてに慣れてもいる。——そう思い込んでいたけれど、案外違うのかもしれない。

ノージーさんの手によって燃やされたのが文通録ではなかったと知ったとき、震えるほどに安心したのだから。

——もしも、これが燃えたなら。

私たちの、ささやかな幸福を寄せ集めた記録が消えたなら。それは私自身の死より、どれほど辛いことだろう。

私は文通録を埋めた穴に覆いかぶさり、目を閉じる。

神には祈らなかった。祈るべき神はもう、死力を尽くしたあとなのだから。

彼女の声が聞こえたのは、そのときだった。

「杏は、もっと自分を大事にしなよ」

凛と澄んで綺麗に輝く、月明かりのような声。

そっと目を開くと、周囲の炎が押しのけられ、夜空の下に祥子が立っている。

苦笑して私は答える。

「別に、死のうとしたわけではありませんよ」

イチさんが、思いのほか頼りなかっただけである。あとはただただ成り行きだ。

地に伏せた私を、祥子が見下ろした。

「でもさ、今、諦めてたでしょ」

「それは――」

私が言い淀むあいだに、祥子がすっと息を吸う。

「輪廻だか転生だか知らないけど。杏は死んでも、生まれ変わるだけなのかもしれないけど。やっぱさ、残される方は悲しいわけでしょう」

私が苦笑を引っ込めたのは、彼女の顔つきが思いのほか真剣だったからだ。その声が、泣くように震えていたからだ。まっすぐに立つその姿が、炎の光に照らされてもなお、揺らぎもせずに美しかったからだ。

「千年前とか前世とか、そんなのどうでも良いんだよ。私は今、ここにいるあんたが大好きなんだ。だから、他の名前は知らないよ。岡田杏――」

祥子がこちらに手を伸ばす。

「愛されてんだと自覚しな」

――ああ。この女性《ひと》は、すべて忘れたまま。

千年経った今もまだ、私の胸をときめかせるのか。

であれば我が身の転生は、呪いでもなく、救いでさえない。

ただ、純粋な幸福だ。

ふたりの話

この令和の世において、女は守橋祥子であり、男は岡田杏だった。

ふたりが出会ったのは、二年前の四月のよく晴れた日のことだ。神戸三宮駅から山陽電車に乗り込んだ祥子は、乗客がまばらな車内で、うたた寝をする杏をみつけた。

——ああ。彼だ。

男の魂が、今生では可愛らしい女性の姿を持つことに、とりたてて驚きはなかった。これまで人のみならず、鳥やら獣やら虫やら、果ては草花やらに転生してきたのだから、今さら性別などどうでも良い。

祥子は、杏の隣に腰を下ろす。

しばらくその安らかな寝顔をみつめていた。

けれど、そうのんびりしてもいられない。ふたりは、出会ってしまえば愛し合う。これまでの千年に及ぶ愛がそうさせる。すでに祥子の輪廻転生の記憶にひびが入り、ぽろぽろと崩れ落ちつつあった。

祥子は人差し指で、杏のもっちりと柔らかな頬を突く。

すると杏が目を開き、呆けたような声を出す。

「貴女は——」

こちらが記憶を失いつつあるように、あちらはすべてを思い出しているのだろう。

杏が、ふっと微笑んだ。

「今生も、貴女に出会えてよかった」

これに祥子も、笑って答える。

「うん。でも、私はちょっと残念かな」

「おや。もう飽きてしまいましたか？」

「そうでもないけど、いつもひと目惚ればかりでしょ」

これまでの思い出と、目の前のこの人とを結びつけるだけの愛を繰り返す。それが、つまらないといえばつまらない。

――だってこの愛は、もう完成しているから。

決して欠けも陰りもしないのだと、互いに知っているのだから。

けれどたまには、相手の愛を疑ったり、ふたりの未来に不安を感じたりもしてみたい。

常温の愛も良いけれど、熱い愛にも身を委ねたい。

「たまには千年ぶんのあなたじゃなくて、今ここにいるあなただけを愛してみたいな」

祥子の言葉に、杏は妙に真剣に、「なるほど」と頷いた。

それから祥子は手帳を取り出し、気ままに今生の思い出を書き記した。輪廻の記憶を忘れる前に、文通録に加えるページを残しておこうと考えたのだ。

隣で杏は、ぼんやりと窓の外を眺めていた。やがて、「ほら」と囁くような声を出す。

「みてください。なかなかに、美しい」

電車は、須磨の海岸沿いを走っていた。北側のこぢんまりとした山で、何本もの桜が咲き誇っている。祥子はその景色に見惚《みと》れた。

満開のソメイヨシノなんて、現世では珍しくもない。けれどその花は、普段よりも美しくみえた。隣に愛する人がいるぶんだけ、特別な景色になった。

千年経っても、今もまだ。

「あなたといる世界は、ときめきで満ちてるね」

祥子の言葉に、杏が答える。

「実《げ》にですね」

祥子は最後に、シンプルな愛の言葉を書き記す。

それから手帳のページを破り、目の前で読まれるのは気恥ずかしいから、半分に折って中を隠す。

電車は桜を残して進み、ふたりを次の景色へと連れていく。

もしもこのささやかな物語が、私たちの愛を巡るものだったなら、今生ぶんのそれは、二年前の春の日にすでに終わりを迎えているのだろう。あとはただ、幸福なだけの後日談だ。ひたすらに満ち足りた、私たちの日常だ。

私は祥子に手を引かれて立ち上がる。

炎は未だ、轟々と燃えている。その紅緋《べにひ》色の光に照らされた祥子を私はみつめる。輪廻転生のすべてを忘れてもなお、記憶の通りに悠然と美しい彼女を。

——いつまでも、見惚れていたいものですが。

祥子が来てしまったなら、なんとしても生き延びないわけにはいかない。

「どうやって、ここまで?」

そう尋ねると、彼女はあっけらかんと答える。

「神に祈った」

祥子がトレンチコートのポケットから取り出したのは、小ぶりな白い蛙である。

カコさん——イチさんと対を成す、播磨五川を束ねる水神の和魂。そういえば夕食の席を最後に、姿をみていなかったが、ずっと祥子のポケットに潜んでいたのだろうか。

祥子の手のひらからぴょんと跳ねたカコさんは、宙でむくむく巨大化し、地に着く頃には見上げるほどになっていた。

彼が「やあ！」と声を上げて両手を突き出せば、ぐっと炎が後退する。

「いけそうですか？」

尋ねると、カコさんはだらだらと汗を流して答える。

「まずまずやばいです。魃さんに力を吸われる」

おや、こちらも頼りない。

空に浮かぶ魃さんは、「私、どこかに行きましょうか？」と不安げだ。けれど他所で彼女の日照りパワーが溢れると、いっそう事が大きくなる。

私はまた跪き、先ほど埋めたばかりの穴を掘り返す。まったく、無駄骨この上ない。「なにが埋まってんの？」と言いながら、祥子も私を手伝った。

再び現れた文通録を、私は乱雑な手つきで開く。程なくみつかった目当てのページを破り取り、それを日照り神に掲げた。

「魃さん、失礼」

私が手にしたページには、魃さん封印の札が張りついている。ずいぶん古いもので、すでにその力の大半を失っているが、まったくの無力でもない。私は文通録を足元に落として片手を空け、印を結びながらかつて丸暗記した祝詞《のりと》をぶつぶつ諳《そら》んじる。「おお、これは！」とカコさんが歓声を上げた。

けれど魃さんが、悲痛に叫ぶ。

「ああ、だめです。その札にはもう、私を封じるほどの力はなく――」

そんなことはわかっている。こんなものはささやかな時間稼ぎだ。

私は地にへたり込むイチさんに声をかける。

「ほら、惚れた女の命です。ぐだっていないで救いなさい」

「お前が言うな！　腹立たしい」

イチさんが立ち上がる。祥子を愛するが故の底力か、それとも私が手にした札が多少なりとも日照り神の力を削いだのか、一度は消えた精気が彼の目に戻っている。

イチさんが地を蹴って、音もなく浮き上がる。その身体がにゅるりと伸びて、巨大な白蛇の姿に変貌した。

「水が足りん。寄越せ」

「まったく。貴方はいつも、身勝手だ」

カコさんが深く息を吸えば、白蛙の姿がぷうと膨らむ。どこまでも、どこまでも――気球のように膨らみ宙に浮かんだカコさんが、夜空でぱんと弾けた。

後に残ったのは、局地的豪雨である。

ざあざあと降る雨は、私を濡らしはしなかった。日照り神の力を受け、地に落ちる前に蒸発していく。けれど一方で、その雨が届くものもある。宙に浮かぶイチさんだ。無数の雨粒が彼の鱗を濡らし、炎に照らされ荘厳に輝く。

魃さんが叫んだ。

「イチさん。私を、封じてください！」

「知るか！　オレはいつだって、やりたいようにやるだけだ！」

叫び返したイチさんが、ぐっと身を沈めて地を這い、我が尾を追って輪になった。

間もなくその姿が、円環する川に変貌する。大蛇のように、いや龍のようにとぐろを巻いた川。

それは千年前の私たちの死因である。けれど今は、隙間なく私たちを守る盾である。

隣で祥子が囁いた。

「綺麗だね」

暴流が煌めきながら、炎を薙ぎ払っていく。生まれて、無に帰して、再び生まれてを繰り返す生命の営みのように。回る水流が夜の底で輝く。

その景色に息を呑んでいるあいだに、目が眩むほどの光は次々と消えてなくなった。あとに残ったのは、清く静かな夜だけだ。

——終わった。

山火事が、消えた。

祥子がふっと、息を吐いて笑う。

「なんかさ、あの神さまに助けられてばっかだね」

「ええ。まったく」

イチさんは、何度だって祥子を救う。

あれで意外と、良い神なのだ。

祥子はかがみこんで、私が落とした一冊の書——徒名草文通録を拾い上げる。ただ古びた本の為にずいぶんと走り回ったものである。けれどその書を巡る混迷も、どうやらそろそろお終いだ。

私がそう考えたとき、呆れたような声が聞こえた。

「なるほど。こうなるのか」

みれば、静まり返った木々の向こうから、鋭い目つきの女性が現れる。

辻真澄——その凄腕の呪い師は、後ろに冬歩さんと小束さんを引き連れている。小束さんが甲高い声で「杏さん、無事ですか！」と叫ぶものだから、私は愛想笑いを浮かべて手を振った。

真澄さんが、ぎょろりと辺りを見回す。

「腹立たしいほどの結果オーライ。あの賢神は、人の気持ちを逆撫でするのが上手だな」

今のこの状況、まったく、彼女の言葉通りだろう。

イチさんはすでに人の姿に戻り、ぐったりと座り込んでいる。魃さんの方はまだ余力があるようだが、自身の影響で山火事が起こったことで、宙でおろおろ狼狽《うろた》えている。共に、封印に抗おうという状況ではない。

オモイカネさんはいったいどこまで、未来を見通していたのだろう。人の身である私に神の考えを読み解けるわけもないが、いつも通りにあの賢神は、無茶苦茶な過程を経て狙った通りの結末に到達した。

祥子が、手にしていた一冊の書を私の胸元に押し付けて前に出る。

「こっちはさ、大団円って感じなんだけど、なにしに来たの？」

対する真澄さんは、変わらずクールな声で答える。

「無論、パートのお仕事に」彼女は、二本の指で挟んだ札をイチさんに向ける。「播磨五川の水神よ。できるなら、穏便に封じられてくれないか？」

私の出る幕ではないだろう。

そうわかっていながらも、つい尋ねる。

「お待ちください。この二柱の封印は、鳥取砂丘で行うはずでは？」

「うん。でも、どちらでも同じことだよ。誘い込んでから封じようが、封じてから運ぼうが、それほど手間は変わらない」

なるほど。たしかに、その通り。

「ですがイチさんは、山火事を消した善き神です。問答無用とは――」

「黙れ」

イチさんの弁護に回った私の言葉を軽く切り捨てたのは、その水神の荒魂本人だ。あちらにしてみれば、私の援護などいらぬということだろう。

彼は焼け野原で胡坐を組む。

「まあ、いい。今宵は疲れた。しばらく封じられてやる」

不機嫌そうなイチさんに、祥子が尋ねる。

「でも、神さま。いいんですか？」

「くどい。何度も言わせるな」

「神とは我儘なものなんでしょう?」

「ふん。ではひとつ、我儘を言ってやろう」イチさんは私を――私の手の中の書を指さした。「おい、女。オレの為に、あれを盗め。オレを封じるならあれの中にしろ」

イチさんの指先を追うように、祥子がこちらに目を向けた。

私は書を抱きかかえたまま考える。

――イチさんは、なにに拘っているのだろう?

こんな物を求めて、なにに。

祥子が言った。

「ねぇ、神さま。もしかして貴方は、杏に忘れられたくないんじゃないですか? この子に追いかけて欲しいから、文通録が大事なんじゃないですか?」

イチさんは答えない。

――違うのだ。

と私は胸の内で首を振る。イチさんが愛しているのは、私ではなく祥子である。けれど今、彼が言った「我儘」は、そういった話でもない。もっとわけがわからない、まったく無益にみえる振る舞い。

真澄さんが、「なんでも良いから早くして」と急かす。

祥子が頷き、私の方に手を伸ばす。

「じゃ、杏。それ、もらっていい？」

「はい。どうぞ」

書を受け取った祥子が、イチさんに歩み寄る。後ろ姿では、彼女の表情はわからない。けれどおそらく、不機嫌そうに顔をしかめていることだろう。

やがて、イチさんの目の前で立ち止まった祥子が、一冊の書を差し出した。

「これで、いいんですね？」

「ああ。それだ」

イチさんが手を伸ばす——が、その手は、宙を切った。

祥子が古びた書を、高く頭上に掲げている。

「ごめん、杏。なんかすっきりしない」

私は思わず、苦笑した。「でしょうね」と短く応える。

すると、同時に笑う神がいた。イチさんもまた仄かな苦笑を浮かべ、間もなく真顔を取り繕う。

——ああ、やっぱり。貴方にも、効きませんか。

祥子が続ける。

「これ、偽物なんですよ。さっきすり替えたので」

祥子が書を開くと、中は白紙である。文通録の偽物——冬歩さんが用意して、神戸のホテルで私たちの手に渡ったものだ。

——これもまた、「幽霊給仕」の応用だ。

後の荒事に備えたのだろう。文通録を拾った祥子は、それをこっそり、再び穴の中に隠した。

そして代わりにトレンチコートの懐から取り出した偽物をこちらに手渡した。

ところで、私に幽霊給仕が通用しないのには、わかりやすい理由がある。口にするのも馬鹿馬鹿しいその理由、けれど恥を忍んで解説するなら、ただ彼女を愛しているから、それだけに他ならない。

祥子は目立つ。その姿も身振りも声も言葉も、なにもかもが人目を惹く。けれど彼女は一方で、器用に気配を消しもする。たいていの人はその落差についていけず、祥子の動きを見失う。これが、幽霊給仕の正体だ。

けれど私にとって、気配があろうがなかろうが、守橋祥子とは目を惹くものなのだ。派手であろうが地味であろうが、ただひとりだけ特別な人だ。傍にいて、私の意識から彼女が漏れ零《こぼ》れることはない。よって、私にあの技は通じない。

――そして、同じ理屈で語るなら。

この場にはもう一柱、幽霊給仕が通じない相手がいる。無論、イチさんである。

彼は、笑うのを堪《こら》えているのだろう、妙に強張った真顔で告げる。

「くどい。オレは、それだと言った」

彼は祥子の手の中から、偽の文通録を取り上げる。

――イチさんは、最後に祥子に、騙されたかったのか。

あるいは彼女であれば、嘘を吐き通さないと察していたのか。

どちらか私にはわからない。
けれど、どちらであれ、この神は満足したのではないかという気がした。

Epilogue

イチさんと魃さんは滞りなく封じられ、二枚の札が向かい合わせに、偽の文通録に張り付けられた。明日にはその書が鳥取砂丘に運ばれるという。

火災の現場には、後始末としてオモイカネさんが現れた。彼の話では、今宵の火事は神々の力によって「なかったこと」にされる予定だという。すでに彼はその為の手を回しており、最後まで火災現場には消防車が到着しなかった。神の力で火事の発生現場が隠されているのだ。あとは伊和大神が燃えた木々を生き返らせれば元通り――あの神は、一夜にして荘厳な森を出現させた逸話が残っている通り、木々を繁茂させる力を持つ。

とはいえ今宵の不審火は、すでに大勢の知るところである。

「目撃者はどうするのです？」

私がそう尋ねると、オモイカネさんは軽く答えた。

「別に、どうも」彼はなんだか寂しげに、山火事の跡を見渡す。「今の世の人たちは、証拠がないものは目に映しません。都市伝説じみた逸話がネットの片隅に残る程度でしょう」

私はそれ以上、オモイカネさんを追及しなかった。

よって、彼の胸にどんな想いがあったのかわからない。なんにせよ彼はいつも通りに、自身の仕事をやり遂げたのだ。傍目には迂遠《うえん》なやり口で、だがその実はこの上なく効率的に。

「それでは、メリークリスマス」

笑いもせずに、オモイカネさんが言った。

「メリークリスマス」

私と祥子は口々にそう返し、城崎の街へと戻った。


さて、残るは祝勝会である。

私たちはバーの一角に陣取って、各々が好みのカクテルで乾杯した。

顔を連ねるのは私と祥子に加え、ノージーさん、浮島さん、和谷さんの計五人だ。和谷さんは自身の拳によって頬を腫らしたノージーさんをみつめ、気まずげに「謝りませんよ」と告げる。これにノージーさんは「僕は反省しきりです」と答える。ふたりのあいだで絢爛豪華に笑う浮島さんが、「今夜はイブだよ。過去の出来事は、アルコールで流すのが礼儀というものだ」と、どちらかというと忘年会じみた言葉で強引に締める。けれど、誰からも反論は出ない。まあ、イブなんて、軽々に善き事が起こって然るべき夜だ。

真っ赤なキールロワイヤルを傾けた祥子が、本題を切り出した。

「じゃあ、取り分を決めようか」

彼女は徒名草文通録を掲げてみせる。埋められたり掘り返されたり土のついた手でめくられたりと、ずいぶん汚れてしまったから、そろそろ表紙を付け替えるべきであろう。

ギムレットを空にして、浮島さんが答える。

「オレはもちろん、鹿磨桜の押し花を」

これに関しては異論がない。――文通録を完全な姿で残せないことで和谷さんは不満げだが、さすがに文句のつけようもないとわかっているようだ。

その和谷さんが、手にしていたキャロルをテーブルに戻して言った。

「私は、なにをいただけますか？」

彼に関しても、報酬はもう決まっている。

「では、文通録を差し上げましょうか」

私の言葉に、一同がざわめく。

和谷さんがテーブルに手をついて、身を乗り出した。

「本当ですね！　一度は口にした言葉、嘘でしたではすみませんよ！」

「ああ。でも、その前に」ひとり、許可を取る相手がいた。「そういえば祥子に、いるならあげると言ってしまいましたね」

これに祥子が、躊躇《ためら》いもなく答える。

「私は別にいらないけど。でも、一度は読んでみたいかな」

「はい。では、そのあとで和谷さんに差し上げましょう」

だいたい古書の管理など、面倒くさくてやっていられない。ならば専門家に預け、必要なときにだけ取り返せば良い。

やったと歓声を上げる和谷さんに、私は尋ねる。

「貴方はそもそも、どうやってこの本を手に入れたのです?」

すると、彼は自慢げに答えた。

「それはもう、運命と呼ぶしかない出会いをしたのです。あれは四年前の晩夏、蟬の声も遠くなった頃——」

「前置きはいりませんから、さわりを話してくださいな」

ええ、勿体《もったい》ない、と和谷さんは気落ちした様子だが、ともかく彼はこう言った。

「たくさんの古書をネットで買ったら、おまけでついてきたのです」

浮島さんが、「そんな馬鹿な」と呟いた。

けれど私にしてみれば、いかにもありそうなことである。

「その本は、どちらからご購入を?」

「実は、よくわからないのですよ。ともかく個人で出品されていたものでしたから、文通録の価値を知らなかったのでしょう」

たしかなことはわからない。けれど、祥子——輪廻の記憶を失う前の祥子も、私と同じように考えたのではないだろうか。つまり彼女は文通録を盗み出したが、古書の管理なんて面倒なことをする気にならず、信頼のおける古書マニアに預けることにしたのだ。

私はこの本に、二枚のページを加えるつもりである。二年前の春に、祥子から預かったページと、私自身のページ。それが済み、あとは祥子が満足すれば、手元に残す理由もない。

「用が済めば、お送りしますよ」

私がそう告げると、和谷さんはぶんぶんと首を振り、「送るなんて、とんでもない！　万全の準備で取りに伺います！」と答えた。

さて、残るはノージーさんである。

祥子が彼に水を向ける。

「で、貴方はなにが欲しいの？」

これにノージーさんは、気弱な困り顔を浮かべた。

「僕は、別に。もう目的は果たしましたし――」

「でもさ、一緒に盗みを働いた仲間に、無償ってわけにはいかないでしょ。代わりになんか盗ってあげようか？」

「僕はもう、なにも盗まないと誓ったのです」

ふたりのやり取りに、私は横から口を挟む。

「ではノージーさんには、とっておきのページのコピーを差し上げましょう」

「雪花夢見節ですか？」

「いいえ。おそらく貴方にとっては、あれよりずっと価値のあるページです。とはいえ、読まれたくないところもありますから、黒塗りだらけになるかもしれませんが」

祥子はノージーさんについて、「けっこうファン」だと言っていた。あの言葉は嘘ではない。輪廻の記憶を失う前、彼女は文通録に加える文章を手帳に書いて私に預けた。「なんか恥ずかしいから、文通録を手に入れるまでみないでね」と言われていたので、二つ折りになったそれを開いてもいなかったが、さすがにもう良いだろう――そう考えて、先ほど中を検《あらた》めた。

祥子が書き残したのは、徒然なる随筆である。だいたいは今生で彼女が気に入ったものの羅列であり、中にはノージーさんの楽曲について触れられている文章があった。「タートルバット」では、とくに後半の展開が良いとある。それから、世ではそれほど有名ではないらしい彼の別の曲を褒めてもいる。

雪花夢見節の作曲者自身の言葉、ノージーさんがどう受け取るのか、私の知ったことではない。あとは彼の人生だ。けれど、知らせないよりは知らせた方が良いだろう。

隣で祥子が囁いた。

「杏は、文通録になに書くの?」

無論、それは決まっている。

「美味しいカレーのレシピを少々」

そもそも私はこの為に、骨頂カレーのアルバイトに潜り込んだのだ。ずいぶん祥子があの店のカレーを褒めるものだから、作り方を文通録に加えようと決めていた。

ある夜、骨頂カレーで交わした会話はこうである。

——杏ちゃんはどうして、うちのカレーのレシピを欲しがるの？

——末永く愛する人に食べてもらいたいからですよ。

こうして私は、レシピを教わる許可を得た。ここから得られる教訓は、「ラブレターは短く、正直に」である。

「最高だね！」

祥子が笑う。今宵の町中のイルミネーションよりもなお煌びやかに。

だから私はこの夜を、聖夜と呼ぼうという気になった。これまでの、ふたりで過ごした時間と同じように、私にとってはなによりも価値のある夜である。

——さて、こうして。

人と神とが駆け回り、時を超えた愛と欲とが入り乱れる、けれどその背景のスケールに比べればずいぶんこぢんまりとした物語が終わりを迎える。この結末が、他人《ひと》の目にどう映ったとしても、それは知ったことではない。私たちにとっては平穏で満ち足りた、ただ幸福な日々のお話である。

と、私がこう考えたとき、テーブルの片隅に、ぽんと小神が現れた。木の葉で顔を隠した、人形のような神さまが、甲高い声を上げる。

「皆さま、皆さま。巨大ケーキの準備が整いました。よろしければ、宵待亭にお戻りください！」

祥子が高々と宣言する。

「私たちのパーティーは、これからだ！」

前言を撤回しよう。軽やかに、速やかに。

彼女がそう言うのであれば、この物語は終わらない。いつまでも、いつまでも。この世界に彼女がいる限り、私の幸福な日々は続くだろう。

店の音楽が切り替わり、「恋人たちのクリスマス」のイントロが流れる。

また次の場面に移動する為、私と祥子はふたり揃って、きらめくグラスを空にした。

河野 裕（こうの・ゆたか）

1984年、徳島県生まれ。兵庫県在住。2009年、『サクラダリセット CAT,GHOST and REVOLUTION SUNDAY』でデビュー。2015年、『いなくなれ、群青』で大学読書人大賞を受賞。同作から始まる「階段島」シリーズは2019年『きみの世界に、青が鳴る』で完結。2020年、『昨日星を探した言い訳』で第11回山田風太郎賞候補、2022年、『君の名前の横顔』で第3回「読者による文学賞」を受賞。
他に、「架見崎」シリーズとして『さよならの言い方なんて知らない。』、『ベイビー、グッドモーニング』『最良の嘘の最後のひと言』など。

愛《あい》されてんだと自覚《じかく》しな

2023年5月30日　第一刷発行
2023年6月20日　第二刷発行

著　者　河野《こうの》 裕《ゆたか》

発行者　花田 朋子

発行所　株式会社 文藝春秋
〒102-8008 東京都千代田区紀尾井町3-23
電話　03-3265-1211（代）

印　刷　凸版印刷

製　本　大口製本

定価はカバーに表示してあります。
万一、落丁乱丁の場合は送料当方負担でお取替えいたします。
小社製作部あてにお送り下さい。

ISBN978-4-16-391696-5